パリのキッチンで 四角いバゲットを焼きながら

中島たい子

パリのキッチンで
四角いバゲットを
焼きながら

Contents

ロズリーヌの四角いバゲットI

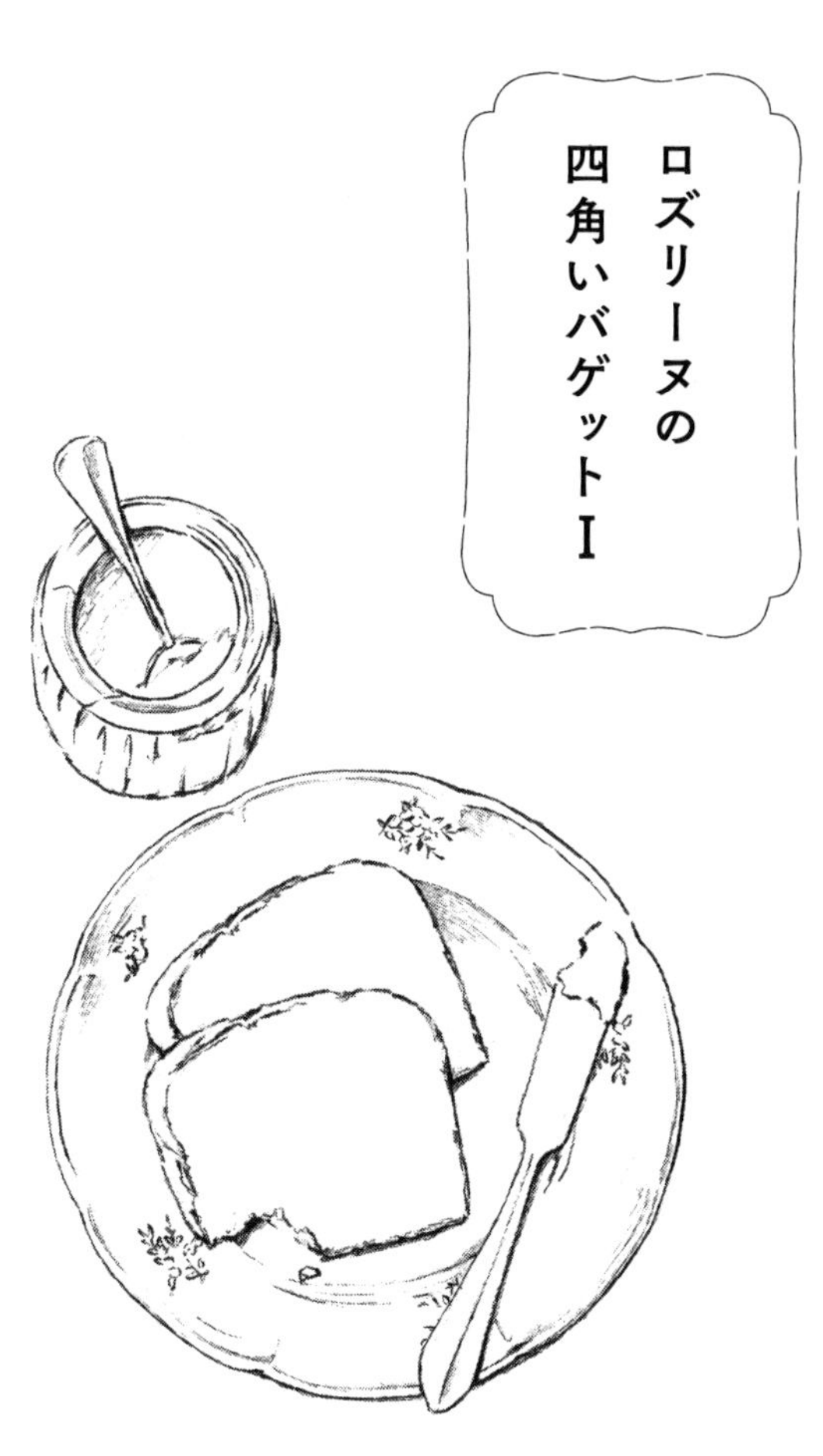

パリ郊外。小川が流れる森が、すぐそこに見える住宅地に、叔父の家はある。そのキッチンで私は、叔母がパンの生地をこねているのを見つめていた。かなり水分の多い、ネバネバの生地である。長い指を泡立て器のように使い、ボールの中で生地を叩きつけるようにして、こうやって5~10分ぐらいこねる、と叔母のロズリーヌは教えてくれた。……が、3分も経たないぐらいで、

「これで、よし！」

彼女は満足げに作業を終えた。私がフランスを訪れるのは二度目。前回は小学五年生のときで、なんと三十数年ぶりに叔父の家に滞在している私はメモ帳に、

『生地を5~10分こねる。でも、てきとーで大丈夫そう』

とレシピを書きつけた。なぜなら、フランスに来てから食べている叔母の手作りパンは、そこらのブーランジェリーのパンよりも美味しいからだ。このてきとーな感じが、実はうまさの秘密かもしれない。

日本人（とくに女子）は、フランス人を過剰評価してない？　そう思って生きてきた。『素敵なパリジェンヌをお手本に！』などという女性誌の見出しにも、私は常に首をかしげてきた。あの人たちからなにを学べと？　ケチに生きる方法とか？　とにかくしゃべりたおせ、とか？　どーぞ、学んでください。私は、もっとロジカルで目的志向な生き方を学んできます、とプチ留学したのもフランスではなくアメリカだった。

ところが、その地でもフランス人女子が、やたらモテていた。自然な感じにカットした髪を結んでいるような、結んでいないような、ノーメイクみたいで、そうでもないような、約束の時間に現れなさそうで、気づくといたりする、彼女たち。なるほど世界的にも、こういう女子がおしゃれでかわいいとされるのね、とわかったが、やはり彼女たちから、なにか学ぼうとは思わなかった（フランス人男子もいたが、積極的なようで、そうでもなくて……パッとしなかった）。

そんな私だけれど、まわりの人たちには、いつも言われる。

「なーんで、たいちゃんフランスに遊びに行かないの？　もったいない」

だーって、興味ないんだもん、と返してきたが、情報を持っている相手は納得しない。

「叔父さんがフランスに永住してるんでしょ？　奥さんフランス人で、いとこもパリに住んでるんでしょ？　なんで――」

二十代でフランスに渡った私の叔父（母の弟）は、あちらで出会ったフランス人女性ロズリーヌと結婚して、子供も三人いる。なので私にはフレンチ・ジャパニーズのいとこが三人いる。でもだからといって、そこに行こうとは思わない。たとえ彼らが人気のフランス人だとしても、近しいからこそありがたみも感じない。いや、近しいを超えて私の人生は彼らを抜きにして語ることはできない。だから、興味を持てと言われても、「ごめん無理」というのが心情。

そう。私がもの心ついたときから、彼らはいた。「フランスからやってくる親戚」の一番古い記憶は、私が六歳ぐらいの頃。祖父母の家の庭で、私はいとこたち、少し年下のソフィーと、その弟のマチュウと、電車ごっこをしていた。彼らはそれをやったことがなさそうだったけれど、言葉も通じない中でなんとなくできていたから、さすが子供だと思う。なんでか急に私はマチュウの歳が知りたくなり、それはさすがに言葉で聞かないとわからないので、

「マチュウは、いくつですか？」

祖父母の家の掃き出し窓のところに立って、私たちを見ていた叔母のロズリーヌに聞いた。そのときの彼女の姿を今でも鮮明におぼえている。

すらりと背が高い彼女は、風呂敷を巻いたような長いスカートをはいていて、長い足のシ

ルエットが薄い生地の下から映し出されていた。そして裸足だった。当時の日本のスカートと言えば、裾に向かってハの字に開いている形か、筒みたいにストンとしているかのどちらかで、「風呂敷を巻いている」という印象を私が持ったのもしかたがない。今思い返せば、ラインのとても美しい、飛びつきたくなるようなボトムスである。叔母は、まだ二十代の終わりぐらいで、スカートをはいていてもユニセックスを感じるような、不思議な大人という印象だった。

日本人の姪っ子に問われたロズリーヌは、足と同じように長い首を、窓の外に突き出してかしげた。彼女は日本語を勉強していて上手にそれでコミュニケーションをとっていたけれど、子供の言葉はちょっと聞き取りにくかったのだろう。そのあとどのようにやりとりしたかは忘れたが、やはり長い彼女の指で答えが表されて、マチュウの歳を知ったのをおぼえている。それは私にとって、外国の人との「ファーストコンタクト」でもあった。

叔父一家は、ほぼ一年おきに、休暇を利用して日本に遊びに来ていた。叔父は在仏の日本の商社に勤めていたけれど、格安航空券もない時代に、よく家族五人で頻繁に来ていたなと思う。おそらく、遠くに行ってしまった末っ子にいつも会いたがっていた祖父母が、当時は経済的に少し余裕もあったから、帰ってくるようサポートしていたのかもしれない。なので、夏休みになると祖父母の家には「フランス人」がいて、足の悪い祖母だけでは面倒を見きれないので、母が手伝いに行っていた。長期滞在に祖父母が疲れてくると、彼らは我が家へと移動してくる。そして、山に行ったり、プールに行ったり、花火をやったりして、ようやく彼らが帰ると、

「夏が終わった〜」

家族そろってぐったりして言うのだった。こちらは、翌日が始業式だったりする。彼らが来たのは、終業式の前だったような……。

「だいたい、バカンスってやつが長すぎる！」

小学生の頃から、私はフランスのその制度にもの申したく思っていた。うちのお父さんは、土日だっていないのに。まるまる一ヶ月も家族で遊んでるって、どういうこと？

「今年も、また来るのぉ？」

そもそも面倒見がいい母なので、来れば歓待するから、彼らを中心に動くことになり、夏休みなのに親をとられてしまうような気分で、私は次第に閉口するようになってきた。せめて一週間とかならいいけれど。父親にいたっては家に居場所がないので、帰って来なくなる（って、どこにいたのだろう？）。とはいえ、こちらも子供だから、来てしまえば兄弟が増えるようなもので、一緒に遊んで、充分に楽しく過ごしているのだけれど。帰る日には、元気いっぱいだった彼らが急に泣き出して別れを惜しむから、こちらも胸を打たれて、

「来年も来てね」

なんて返してしまう。実際、同世代のいとこは他にもいるが、フランスから来る彼らと私は一番長く時間をともにしていて、現在も一番仲がよくて、頻繁に三人と連絡をとっている。

そのように渡り鳥のごとく来日していた叔父一家だったが、子供の成長とともに個別に行動するようになるのは日本と同じらしく、ぱったりと一家で来ることはなくなった。中島家もちょっとホッとしていたが、あまり間を空けずに、今度は彼らが個別に来るようになった。長女のソフィーが、長男のマチュウが、叔父夫婦が、そして次女のクミが、と。

「毎年、誰か来てるじゃん!」

気づけば以前より、夏はフランス人の接待に費やされるようになっていた。別になにをしてあげているわけでもないのだけど、たまにしか会えない息子にサービスしてあげたいという祖母の思い(けっこう会ってると思うけど)を、祖母が亡きあと母が引き継いで、私も夏は彼らのために空けておかなくてはいけないという意識を嫌でも植えつけられてしまったのだと思う。また、そうさせるなにかが、彼らにはあった。

話は飛ぶが、四十代半ばになって、三十数年ぶりにフランスを訪れた私は、初めの数週間はソフィーの家に泊めてもらった。今は夫と二人の子供がいるソフィーは、パリの西端にあるリュエイユ＝マルメゾンという町に住んでいて、３ＬＤＫの広いアパルトマンの一室を、私と私のパートナーのために空けてくれた。二人でも充分に足りるそこを使わせてもらっていたのだが、

「なぜ、あの二人は小さな部屋にこもって、出てこない？」

と、ソフィーの夫が不思議がっていたと後から聞いた。なぜ、他の部屋でもくつろがないのか？　なんでもっと家中を自由に使ってくれないのか、ということらしい。人の家にいても、自分の家のように過ごす。彼らにとってはそれが普通なのだと気づいた。

そのことを知ると、子供の私が「フランス人に、夏休みを奪われる」という意識を持ってしまった理由もわかってきた。夏休みに来る彼らの態度がやたらとデカくて、客なのに我が物顔で私の家にのさばっている……というほどでは、もちろんないけれど、彼らはどこにいても自分たちの家のように「自然体」でいる。その文化の違いにこちらは圧倒されて、ふりまわされているような感覚をおぼえてしまったのかもしれない（次第に日本の文化がわかってくると、女の子たちは日本人以上に気をつかうようになるのだが）。

ともあれ、私にとってフランス人はそのように、「また来る」とか「やっと帰った」とか、いわば「夏の風物詩」であったから、彼らが「おしゃれ」だとか「暮らし方が素敵」とか、そんな風に思う余裕はあまりなかった。もちろん欧米の文化に興味がないわけではない。む

しろなんでも欧米のものがよろしい、という価値観に私もどっぷりつかって育った世代だ。ティーンの頃はイギリスのロックを聴き、大学の頃はアメリカのドラマを録画して観まくった。……がフランス映画だけは、意味がわからなかった。純文学誌で作家デビューしておいて、これを言ったら致命傷だと思うが、結末があるようでないような、哲学なのか、ぼやきなのか、とにかく登場人物がひたすらしゃべっているフランス映画は、本当に苦手だった。なので映画やドラマの脚本の書き方を本場で学びたくて、必死で勉強したのは当然英語だった（香港映画にもはまり、広東語も習ってた）。

あるとき叔母のロズリーヌに、英語と中国語を学んでいると話したら、

「なぜ、フランス語を勉強しませんか？」

と聞かれた。……難しいから、と言って逃げた。

「なぜ、フランスに来ませんか？」

とも真顔で聞かれた。……忙しいから、と言って逃げた。興味がないから、とはさすがに言えない。シニカルなジョークが好きなフランス人が言えば、笑いになるかもしれないけれど。

さて。夏休みを奪った親戚がいることから、フランスに興味を持つことができなくなって

しまったその私が、なんと四十代半ばで、久しぶりにその地を訪れることになった。そもそもが出不精の私だから、パートナーのN君が、ヨーロッパを巡りたいと言い出して、じゃ一緒に行くか、という感じだった。私も北欧とイギリスは前から訪ねてみたかった。でも、そこまで行って叔父のところに寄らないのもさすがに変だし、まあタダで泊まれるから、ぐらいの気持ちで降り立ったのだが……旅の終わりには、そのフランスから帰りたくなくなってしまうという展開になる。再発見というより、目覚めたと言っていいだろう。その開眼が、まずなにから始まったかというと、そう、叔母が作る「パン」からだ！

日本でもそれを、英語の「ブレッド」ではなく、フランス語の「パン」を使って呼んでいる。パンと言えばフランスだし、フランスを抜きにパンは語れない。そんなパンの国フランスでは、それを買いに行く行為にもとてもこだわっている、と聞いていたが、実際そうだった。ソフィーの家に滞在中、夫のニコラが朝の早い時間にスーツ姿で出かけていくので、フランス人も日本人なみに働くようになったなぁ、と感心していたら、すぐに袋を抱えて帰ってきて、パン屋に行ったのだとわかった（会社に行ったのは、そのずっと後）。どのパンを、どの店で買うか、日によっても変わるし、彼なりのこだわりもあるようだった。あるときは、私たちにだけ大きなクロワッサンを買ってきてくれた。リッチなそれは、週末か、お客様用。かわいそうで子供たちに隠れて食べなきゃいけなかった。ソフィーが住んでいる地区は、東京で言うなら「自由が丘」みたいな町で、何軒かある近所のパン屋もおしゃれで、高級感がある。並んでいるバゲットも、すらりと細いものばかりで、食卓で出されるパンは、どれも本当に美味しかった。

けれど、ときたま出てくる四角いバゲットが、私はどのパンよりも気になっていた。灰色がかっているような落ち着いた焼き色で、四角い形はレンガみたいだ。スライスして焼いて食べると、気泡が大きいのでバリッとして、やはりバゲットの食感。独特の風味がしっかりと香るパンだけれど、どこか豊かで懐かしい。

「これは、ママンのパンなの」

ソフィーから聞いて、ロズリーヌが焼いて彼女に持たせたものだと知った。叔母が料理上手で、なんでも作ってしまうのは子供の頃から知っている。でも、さすがにフランスでも、パンまで「自分で焼く」のは、一般的ではないように思った。ソフィー一家もママンが焼いたパンが大好きらしくて、大切に食べているから、もっと食べたい、とも言えなくて、私は叔母のところに無性に行きたくなってきた。ソフィーの家の方が観光に便利ということでそこに泊まっていたのだけれど、花よりだんごの私の心は、子供のときに一度訪れた、パリ郊外のベルサイユ近くにある叔父の家へと飛んでいた。

パンに魅せられ、身心ともに移動した私は、叔父の家のキッチンで叔母がゆるい生地をてきとーにこねるのを見学していた。3分ほどで終えると、彼女は耐熱性ガラスの大きなパウンド型三つに、てきとーにその生地を流し込んだ。

「えっ、それで終わり？」

日本語もずいぶん忘れてしまった、と言う叔母だが、驚いている私にうなずいた。背が高いがゆえ、かがむようにして麻の布巾をパン生地にかける彼女は、歳をとったけれど変わらずカッコイイ。パンの作り方だけでなく、今になって彼女に聞きたいことがいっぱいあった。いつもパンが食卓にあるように、ありがたみも感じていなかったけれど、近しいからこそ意識してこなかったけれど、素敵な彼女を、私はいつもお手本にしてきたのかもしれない。そのとき、初めて気がついた。そう、あの「ファーストコンタクト」のときからずっと……。

ロズリーヌの四角いバゲットⅡ

パリ郊外の住宅地にある、叔父と叔母が住む家は、日本の感覚で見ればやはり大きくゆとりがあるが、けして贅沢な作りではない。アールデコでも、アールヌーボーでもなく、あえて表現するならカンパーニュ（田舎風）だろうか。私が前回この家を訪ねたのは、三十数年前、小学五年生のとき。当時はまだ新築で、眩しかった白い外壁も、ピカピカしていた黒い玄関扉も、長い年月の間に何度も塗り重ねたようで、今はもったりとして落ち着いた色になっている。お互い歳をとったね、と懐かしい佇まいに私は語りかけていた。

段差のない玄関の敷居を越えて家の中に入れば、すぐ左にダイニングキッチンの入口がある。そこも少しくたびれてきてはいるが、配置などが変わっていて、以前とは違う印象のキッチンになっていた。古い物を残しつつ、いい具合に現代的になっていて、更新している感じ。とはいえ、相変わらず物は少ない。ビジュアルが凝り凝りのフランス映画に出てくるようなキッチンとは違うけれど、雰囲気がある。なんでだろう……？

私は、入口にかけてある、叔母が日本で購入したと思われる藍染めの「のれん」を見つめた。日本でこれをかけたら最後、後ろは物でごったがえしてます、と言ってるようなものだし、嫁と姑がバトルする昭和ドラマのイメージになってしまう。ところが叔母のキッチンにかかっているそれは、窓から吹く風にかろやかにゆらぎ、藍色も水色がかって見え、もはや日本というアイデンティティーを完全に失っている。なんとも爽やかだ。なぜそうなる？と叔母ロズリーヌの横顔を見て、また心の中で問う。しかし彼女とは限りある言語能力（簡単な日本語、超やさしい仏語、誰もが知ってるレベルの英語）で会話しているので、

「キッチンは、リフォームをしましたか？」

ぐらいしか聞けない。問われた彼女は、身長のように高くて細い鼻をこちらに向け、比較的新しいタイプのコンロを指すと、

「はい。ＩＫＥＡです」

と返してきた。言われてみれば、日本でも売っているセルフビルドのキッチンユニットだと気づいた。よく見たら、うちのキッチンにもあるＩＫＥＡのお安いカトラリースタンドもある。なのに同じものに見えない。なぜに？　とまた疑問符が浮かぶが、叔母とセルフビルドという組み合わせは、しっくりきた。痩せているのにおそらく叔父なんかよりも力があって手先も器用な彼女は、大工道具を持たせたら家だって建ててしまえそうだ。そのようにコンロや収納棚をＩＫＥＡで調達して、自らリフォームを手がけたのだと思うが、手作りなだけにシンプルにできているキッチンを、叔母がとても愛していることも、くるくると軽快に

立ち働く姿から伝わってきた。

朝食をいただいたあと、近所を散歩してもどってきたら、もう叔母は日常の仕事となっているパン作りの準備に入っていた。普段は夕食もそこでとる円形のダイニングテーブルが作業台となり、パンを焼く道具と材料――木製のボール、秤(はかり)、耐熱性ガラスのパウンド型三つ、麻の布巾、小麦粉、イースト――などが並んでいる。

パリに着いてから、いとこのソフィーの家で食べる叔母のお手製のパンに、すっかり私は魅了されて、その秘密を探りに叔父の家に来てしまったようなものなのだが、それはレンガのような形の四角いパンで、トーストするとバゲットのようにバリッとした食感になり、その香ばしさは、日向の匂いや、野草、木の実などを思わせる。叔母は、そのパンを焼くようになったいきさつを、やはりシンプルに話してくれた。「ブルターニュのパン」というらしいが、叔母は料理教室のようなところで作り方を習ったそうだ。これを自分で焼くようになってから、もうパン屋に行く必要がなくなったと彼女は言う。近所にろくな店はないし、作った方が美味しいから、と。

それを聞いて、叔母が語らないところも、私はなんとなく察した。

叔父の家がある町、サン＝カンタン＝アン＝イブリーヌの雰囲気は、五年生のときに来た頃と比べると、ずいぶんと変わった。パリ近郊の新興住宅地だったここは、当時は土地の分譲を始めたばかりで、視界をさえぎる家も少なく、近くにある森もキッチンの窓から見えた。そんなだから買物に行く場所もあまりなかったけれど、これから発展する場所だという未来に向けて開かれた商店の小さな集まりがあって、それらの店は新しい叔父の家と同じく色鮮やかだった。

しかし今回訪れて、近所を歩いて感じたのは、家は驚くほど増え、バスの便もよくなり道も舗装されて、より町らしくなってはいるけれど、どこか活気がないということだった。閉まっている店も多く見た。パン屋も選ぶほどないのがわかる。中東系の人が営む店だけが週末も開いているぐらい。昔はなかった大型スーパーが少し離れた場所にあり、叔母も車でそこに行って食材や日用品はまとめ買いするようだ。フランスも日本と変わらないなと思った。

似たような風景は、日本でもよく見る。そんなどこか覇気のない町を見ていると、自分と重ねてしまったりもする。すでに最盛期は過ぎていることを嫌でも感じてきて、でも、まだ先は長いから不安になるし、なにかと昔を懐かしんでしまうが、アンチエイジングするほどの気力もないし……。

叔父の家があるこの町も、私が訪れない間にピークを越したのだろう。でもだからといって都会に移るでもなく、まずいパン屋のパンで我慢するわけでもなく、叔母は「自分でパンを焼く」という方法を見つけた。それは一つのサバイバル術として、私の目に新鮮に映った。なによりすごいのは、そのパンがパリのパン屋にはない美味しさだということ。

「ロズリーヌのパンは美味しいです。セボン、トレボン、ナンバーワン！　教えてください、シルブプレ」

限りある言語能力でも気持ちは伝わる。愛想笑いをしない叔母は、ちょっと私を見つめて、材料の説明をした。

「ファリン（小麦粉）は、これ」

たぶん私が欲しかった情報、それです、と袋に顔をよせて見た。彼女が普段使っている他の食品と同様、「ＢＩＯ（オーガニック）」の表示がある。食料品店に行けば、フランスではブームかと思うぐらい「ＢＩＯ」だらけで、ロズリーヌも娘のソフィーも、それを選んで買っている。私とほぼ同世代のソフィーには二人の小さな子供がいるので、家族の健康を考えてそれにしているのはわかるけれど、叔母がそれにこだわっているというのが、どうもピンとこなかった。彼女は、たまにタバコも吸うし、コーラも美味しそうに飲む。あまり神経質になる感じではないし、叔父に関してはオーガニックがなにかも知らなそう。

「少し、黒いです」

叔母が言うように、小麦粉の袋を開いて見ると、粉は真っ白ではなく、若干色がついていた（黒くはないけど）。

「日本に、ありますか？」

粉の種類を表す別の文字を叔母は指した。「Type80」とある。なにそれ？　私は眉間にシワをよせてその表示を見た。

ちなみに日本では、小麦粉の種類と言えば、ご存じのとおり、強力、中力、薄力粉の三種類（最近はハード系のパンを焼くための準強力粉というのも手に入る）。これらは、含まれる「たんぱく質（グルテン）」の量や質で分けられている。また、色がついている小麦粉と言えば、まわりの表皮、胚芽なども一緒に全部挽いた全粒粉というものが日本にもある。

「小麦という食物を抜きには、人間の歴史は語れない」と言われるぐらい、その国によって小麦をどう食してきたか独自の歴史があるし、製法も種別の仕方も、様々だ。私も、アメリカの「ブレッドフラワー」が日本の強力粉、「オールパーパスフラワー」が中力粉にあたるぐらいのことは知っていたが、さすがに「Type80」は初耳だった。

「この粉が、美味しいです」

秘密を教えるような叔母の表情から、フランスでもメジャーな粉ではないのだな、と思った。すぐその場でＰＣを開き、ネットで調べ、いくつか情報を得た私は首を大きくよこにふった。

「……これは、ぜったいに日本にはない！」

なんとも中途半端な粉なのだ！　まずフランスでは、日本とは違い「灰分」の含有量で粉の種類を分けている（80の数値がそれを指す）。小麦粒の中心の白い部分から表皮に向かって、それは増えていき、つまり丸ごと挽いたものに灰分、いわゆるミネラル成分が一番多く含まれることになる。それが香ばしさの秘密なのだけれど、あまり含まれていると質量も増えるので、パンなどを作ると重たくなってしまう。白米と玄米の違いみたいなものだ。

「Type80」という小麦の灰分の数値は、0・75〜0・9。一粒をおよそ85％使用しているとある（ちなみに、灰分1・4、使用率95％が、全粒粉）。「ＢＩＯ」表示の粉は、だいたいが石臼挽きだという情報もある。その工程も想像して、どのような粉かをまとめると、「香りのある美味しいところをぎりぎりまで使い、でも重くならないよう硬すぎるところは除いたイイ感じの粉」である。私はテーブルに突っ伏した。

「うまいにきまってる！　でも、こんなの日本で流通してるわけがないっ」

フランスでも自然食料品店などでしか買えないようだ。

「買って、帰りますか？」

ロズリーヌの言葉に、トランクいっぱいに粉を詰めて帰る自分を想像した。空港で捕まりそう……。でも最近は製菓材料専門店で輸入物も売ってるし、ネットでなんでも取り寄せられる。そう気をとりなおした私は、叔母が「Type80」を手早く量っていくのをよこからのぞいて、分量をメモした。

パンの作り方はいたって簡単。材料は、小麦粉と水と塩とドライイースト、粗挽きの大麦粉少々、それだけ。ドライイーストは日本でも売っている「サフの青」を使う。「赤」はそのまま粉にぶちこめるが、ぬるま湯に溶かしてちょっと発酵を待つタイプのクラシックな「青」を使うのも、粉に対しての気遣いを感じる。大麦粉だけ残し、全てをざっくりと混ぜて、5分ほどおいてから、かなりやわらかいその生地を、手の指を泡立て器のようにして混ぜるというか、叩きつけるようにこねる。生地の量が多ければ、けっこうな力仕事だ。5〜10分ぐらいこねます、と叔母は言ったが、3分ほどで彼女は額の汗をふいて、これでよしと、作業を終えた。そんなに頑張らなくてもいいみたい。むしろやりすぎると、毎日食べているパンと違ってしまうかもしれない。

耐熱性ガラスの大きなパウンド型三つにオリーブ油を塗り、粗挽きの大麦粉をまぶすと、叔母はその生地を三等分して流し入れた。赤と白の可愛らしい麻の布巾をかぶせて、部屋の暖かいところに置いておく。お昼過ぎには、プクプクと生地は気泡を含みはじめて、型からあふれそうになってきた。叔母はオーブンを270度に予熱して、その温度に達すると、素早く三つを入れた。5分経ったところで210度に落とし、トータルで30分焼いて、できあがり。型からすぐに取り出し、パンの底を上にして網にのせて冷ます。パンチ、ベンチタイム、二次発酵なんてものもない、簡単すぎる！

やさしい光と風が入るキッチンの窓際で、三つの四角いレンガのようなパンが並んで干されて（？）いるのは、なんとも幸せな絵だった。本当にちょっとした時間（パンを買いに行く時間）で作れるパンだ。叔父と叔母の二人ならば、週に一度、娘家族にもあげるなら二度焼けば充分に足りる。無理をしないで美味しいパンが作れる、ここが重要。

今現在、私もパン屋にほとんど行かない。たまに菓子パンは買うけれど、フランスから帰ってきてから四角いバゲットを焼き続けていて、朝食に、夕食に、それを食べている。無精なこの私がやれているのだから、本当に無理なくできるのだ。当初は「Type80」をどうにか取り寄せられないか、色々と方法をさぐった。このパンに関しては「粉」ありきだからだ。特別な粉だから、簡単な工程でも美味しいパンができるのだということを忘れてはいけない。普通の粉で作ったら、すぐにパン屋のパンが恋しくなるのは明白だ。美味しくなければ、続かない。金に糸目をつけなければどうにか粉を取り寄せることはできそうだった。けれど、それはまた経済的に続かない気がした。悩んだあげく、

「こうなったら日本の粉をブレンドして、似た粉を作るか？」

独りごちた私は、ふと、叔母とスーパーに行ったとき、彼女が輸入ものにまったく興味をしめさなかったことを思い出した。「ＢＩＯ」と同じく、安全だから国産を選んでいるのかと思ったが……。

「いや、安全とか理屈じゃない。……美味しいからだ！」

今さら私は、至極単純なことに気づいた。「ＢＩＯ」を選ぶのも「国産」にこだわるのも、単に他のものと比べて「美味しい」から。ようやく叔母のキャラと一致した。そりゃそうなんだけれど、安全とか健康とか、頭でっかちに考えていると意外と忘れてしまっていることだ。普通に流通している（安価な）粉は、基本、大量輸出国から輸入していて、運ぶときに害虫などのダメージを受けないよう、なんらかの手を加えていると聞いたことがある。それが本当なら、確かに美味しくはないよね、よけいなことをしているのだから……。

それを機に「Type80」にこだわるのをやめた私は、長野県の道の駅で見つけた美味しそうな地粉で、同じパンを作るところから始めてみた。バリッとした食感を得るまでは、国産の粉を色々と使って試行錯誤したけれど、無理をしないで現在までパンを焼き続けている。

世界で一番「美味しい国」フランスで、叔母から「美味しいが大切！」を学ぶのはあたりまえと思うかもしれないが、改めて教わったのは「感性を優先する」ということ。理屈で考えてしまうと、どうしても完璧を求めてしまい、結果、それが負担になって続かなかったりする。ほどほどが、粉も作業もかろやかでいい。実際、短時間で作るために叔母もドライイーストという添加物をそれなりの量、使っている。美味しさ、楽しさ、美しさ、そして幸せは、絶妙なバランスから生みだされる。そのためには「適当にする」こともときには必要なのだ。なぜＩＫＥＡのカトラリースタンドや、日本ののれんが違った色でキッチンに馴染んでいるのか、答えもそこにありそうだ。

この歳になって、素敵なサバイバル術を見つけられるような予感がしてきた。ちょっと重くて不安だった私の将来まで、のれんのようにかろやかに見えてきたのだった。

マロンアイスクリームは
ビンに入れて

パリ郊外在住の叔父夫婦の家を訪ね、その生活を観察しながらまず感じたのは、キッチンによけいなものが本当にないなぁ、ということ。けれど面白いもので、なにがないのだろうと考えても、叔母のロズリーヌはそのシンプルに調えられたキッチンの少ない道具で、素早くごちそうを作ってしまうから、すぐにはわからない。

「デザートに、マロンのアイスクリームを食べますか？」

叔母がそう言って冷凍室の引き出しを開けたとき、ようやく私は、日本の台所にはあって「彼女のキッチンにはないもの」に気づいた。彼女はそこから、ガラスのビンに詰めた、自家製のアイスクリームを出したのだ。ジャムやピクルスのかわいいビンの再利用だけれど、冷凍室にガラスのビンが入っていることが、私の目には珍しく映った。ガラスが割れてしまうような気がして、自分はそれをあまりやらない。代わりにタッパーとジップロックに詰めた食材でいっぱいになっている、自分の家の冷凍室を思い浮かべた。対照的に叔母の冷凍室は、その丸くてごっついビンが二つ三つ入っていることで贅沢にスペースをとられ、隙間もむだにある感じ。そう、プラスチック製の保存容器というものが、ほとんど見当たらない。

「ラップを切らしているのかと思ったけど、そうじゃないみたい」

私と一緒に叔父の家に滞在しているパートナーのN君も、違うところで気づいたようだった。陶器のカフェオレボールの上に、陶器の小皿をフタにしてのせているだけの「間に合わせ保存容器」に入った、手作りドレッシングを冷蔵室から出して、彼も驚いている。ラップも使わないようだ。野菜に関してはそのまま放り込んであり、人参の使いかけなんかは皮がシワシワになっている。そして冷蔵室も同様に、食材がぎっちりと詰まっているという感じではない。

隣りの家の冷蔵庫まではのぞいてないので、叔母の家の冷蔵庫の中がフランスの一般的なものであるかはわからない。でも、欧米の映画やドラマを観て、外国の冷蔵庫の中ってなんかカッコイイ、と思うことは今までもあった。映画だから演出が入っているのだろうと思っていたけれど、叔母の家の冷蔵室を見て、あ、ホントにこうなんだ、と驚いた。フルーツや野菜、食材があまり包装されないで裸のまま、ポンと投げ込まれているから絵になるのだ。でも絵的にはいいけれど、品質保持的にはどうなの？　どう見ても湿度を保つような新機能は搭載されていないクラシックな冷蔵庫の扉を開けるたびに、首をかしげていた。しかしながら、シワシワの人参を使っていても、密閉されてない容器に入ってるドレッシングを使っていても、叔母の料理はめちゃくちゃ美味しいので、なにがいいのか、よくわからなくなってきた。

ロズリーヌは、持っている少ない道具の中の一つ、野菜の皮むき器（ピーラー）を使って、そんなシワシワの野菜の皮を手早くむいていく。ペンのような形のクラシックな皮むき器を私も使わせてもらったが、重さのある柄はもちろん木製で、刃の部分はけっこう錆びている。かなり年季が入っていて、私が十歳でフランスを訪ねたときにこのキッチンにあった物とおそらく同じに違いない。似たようなものを昔、祖母が使っていたことも思い出した。

私が子供だった頃は百円ショップみたいなものもなかったし、今のように便利グッズも出回ってなかった。でも、プラスチック製品は次々と出始めた頃で、その走りでもあるタッパーウェアは、当時はアメリカから入ってきた高価なアイテムで、軽くて丈夫で衛生的に食品が保存できると、魔法の道具のように言われて流行った。祖母の家でも、砂糖や塩が湿気なくていい、と陶器の壺の代わりにそれが使われるようになった。

叔母のキッチンでは、今でも古い皮むき器が愛されていて、使われ続けているのを見て、さすがだなと思った。もちろん日本でも昔ながらの道具を大事に使い続けている人はいるし、逆にフランス人だからといって、皆がプラスチック製品を使わないわけではない。実際、スーパーに行けば、ラップもジップロックも日本と同じように安価で売っている。とはいえ、パン屋でバゲットを買えば、半分は露出する小さな紙袋に入れてくれるだけで、日本のように保存用のビニールの袋とワイヤーまで付けてくれるところは一軒もなかった。海外で長く暮らしていた人が、日本の過剰包装に眉をひそめるのも、来てみればよくわかる。

けれど、叔母がグラスによそってくれたアイスクリームに舌鼓をうちながら私が思ったのは、資源を大切にした方がいいとかエコとかのことではなかった。

〈ヨーロッパは乾燥しているから、乾燥していることに強い。逆に日本は、湿気があるから、湿り気があることにこだわる〉

そのような持論が浮かんだ。そもそも、水分が多く含まれているテクスチャーを日本人は好む傾向があるように思う。たとえば「モチモチ」とか「しっとり」という言葉が商品のアピール文句になっていることが多く、それはきっと気候が関係しているのだろうと、前からなんとなく考えていた。欧米も「ジューシー」という言葉を好んで使うが、それとは少し違って、全体がうっすら湿り気をおびている感じで、まさに日本の気候に通じるものがある。

ちなみに私はモチモチは餅だけでいいかな、と思っていて、なんでも「モチモチ」と書いてあると、いつかポテトチップスまでモチモチになってしまうのではと不安になる。パンも、モチモチしている白っぽいパンには手がのびない。前に紹介したロズリーヌのパン、四角いバゲットは対照的にバリッ！　としていて、その食感がたまらなく好きで、フランスから帰ってきてから私もそのパンを作り続けている。でも、ここで打ち明けると、フランスで食べたときの「バリッ感」は完全には日本で再現できていない。粉が違うからしかたないと思ってはいたが、詳しい人に聞いたら、パン作りに使う水の成分が違うことも一因だとか。

日本の材料で作ると自然と「モチッ感」になってしまうのね、とがっかりしつつ、やはり国によって特質があり、それらは全てがつながっているんだなと思った。その国独自の気候や土壌が、食材の質感や、食べる人の好み、さらには料理法、保存法までも生みだしているということだ。

一見、同じ形をしている人参も、日本とフランスのそれとでは違う。滞在中に、キッチンを借りて五目寿司を作ったときにそれを実感した。まな板の上で私が人参を千切りにしているのを、叔母は目を大きくして、

「オゥ、小さい（細かい）です！」

と見ていたが、私も作業を終えたときに、

「オゥ、もう二度とやりません！」

と額の汗をぬぐった。買ったばかりであってもドライな人参やゴボウ（に似た野菜）は固すぎて、筋肉痛にでもなりそうだった。水分がないと、千切りも上手にできないとは。一方、叔母はそれを切るときはまな板を使わずに、小刀のようなナイフで空中で削るように乱切り

にして、鍋に落としていく。それがドライ人参の正しい切り方だと私も思う。ちなみに五目寿司はあまり美味しくできなかった（このときばかりは、もっと「モチモチ」「しっとり」して欲しかった）。海外生活が長すぎて、もはや日本の味覚を失っている叔父だけが「セボン！」と、食べていたけれど。

水ありきの島国に住む私たちだからこそ、保存方法にもこだわり瑞々しさを大切にするのかもしれない。とはいえ、湿気が好きかと言われれば、誰もが首をよこにふる。湿り気が生みだすのは美味しいものばかりではない。マチュウが日本に来たとき、濡れた革靴をそのままにしていたらカビが生えてしまって、彼は化け物を見たかのように、顔をひきつらせていたっけ。それこそ気候が違う欧米の建築様式が日本に入ってきてからは、前にも増してカビとかダニとかが発生するようになったという。洋風の家は住みやすいけれど、確かに風通しは悪くなってしまった。遠い昔、日本の家は窓も紙だったのだから。遠くない昔でも、襖を開け放てば全ての部屋がつながるという風通しのよさがあった。

家にしろ、プラスチックの保存容器にしろ、そもそもは外国で発明されたものが入ってきて、それが日本でより便利なものに進化した結果、今では生活に欠かせないものになっている。そして外国から来た人が、目を輝かせて日本の百円ショップでそれを買って、一周している感じ。けれど、根本的にフランス人は、日本人より「便利」や「使いやすさ」にそこまで魅力を感じないようだ。

日本のキッチンにあって、フランスのキッチン——というか、ロズリーヌとソフィーのキッチン——にないと気づいたものが、もう一つある。それはフッ素樹脂加工のフライパン。実は世界で初めてこびりつかないそれを発明したのはフランスのメーカーで、今でもフライパンと言えば、そのメーカーの名前が浮かぶ。しかし叔母もソフィーも、驚いたことにそれを使っていなかった。二人は、皮むき器と同じく年季の入ったクラシックなフライパンや鍋を上手に使いこなしていた。それを見ていたら、安いフッ素樹脂加工のフライパンを買っては、コーティングが剥がれてくると買い替えている自分の行為が、嫌になってしまった。

これに関しては前から罪悪感を抱いていたので、次にフライパンを買うときは永久物にしようと決めて、帰国後ステンレスのフライパンを買った。慣れるまで、焦がしてはフライパンに食材の半分は食べられてしまうような日々が続いた。おまけにフライパンを温める時間、洗う手間を含め、調理の時間も倍かかる。けれど使ってみて、けして便利ではないこの道具を、彼女たちがなぜ選んでいるかよくわかった。それは、美味しいから！　明らかに、味が違うのだ。焦げるけれども香ばしく、水気がよく飛んで、素材がシャキッとする。ハッシュドポテトを作ったら、パリパリして本当に別物のように美味しかった。好みはあると思うけれど、この「美味しさ」と、「便利さ」を天秤にかけたとき、叔母たちは悩むことなく前者を取ったのだろう。

叔母を見ているうちに、プラスチック製品も、質感が嫌いだとか、エコ精神やポリシーでキッチンに置かない、ということではないのでは？　と私は思い始めた。そこで、また叔母のキッチンを借りて「押し寿司」を作ることになったときに、ラップがあると作りやすいので、

「プラスティックラップ（英語でそう言う）は……」

と何気なく聞いてみた。すると、叔母は引き出しの奥から、

「あるある」

いとも自然にそれを出して渡してくれたのだった。やっぱり、あった……。それ自体を否定しているわけではなく、必要としないから使わないだけなのだ。

逆に日本が過剰包装するのも、便利グッズを生みだすのも、日本人にとっての必要性があるからなのかもしれない。ここら辺はさらに研究して、機会があれば論文にでもするけれど、当座の問題として、もうちょっと自分も風通しはよくした方がいいかな、と叔母のキッチンや、冷蔵庫の中を見て思った。乾燥している国でも、これだけ物を少なくしてすっきりさせているのだから。

そんなことを思いながら、マロンのアイスクリームをまた口に運んだ私は、これも「風通しのいい」口あたりであることに気づいた。

「なんかシュワッと軽い。なにが入ってますか？」

私はガラスのビンを取り上げて、マーブルな感じになっているベージュ色のアイスクリームを観察しながら聞いた。

「ムェラングェです」

叔母は教えてくれた。直訳するとメレンゲ。卵白と砂糖を固く泡立て、こんもりと大きく絞り出して、パリッと焼きあげたシンプルな菓子を、フランスではパン屋でもスーパーでもよく見る。それを砕いて入れているという。

簡単に作れるからと、アイスクリームの作り方も教えてくれた。もちろんアイスクリームメーカーなど必要ない。材料は、マロンクリーム、卵白、生クリーム、バニラエッセンス、メレンゲ、それだけ。マロンクリームは、ペースト状の栗のジャムのようなもので、フランスから輸入しているものが日本でも何種類か売っている。叔母のおすすめは「クレマン・フォジエ」のマロンクリーム。作り方は、マロンクリームにバニラエッセンスを加えて混ぜ、そこに卵の白身を固く泡立てたものと、生クリームをやはり泡立てたものを順に加えて、泡がつぶれないよう、さっくりと混ぜて、最後に砕いたメレンゲを加え、ガラスのビンに詰めて、冷凍室で凍らせる。以上。

日本に帰ってきてから、さっそく作ってみようと、マロンクリームを探して買った。そこまではよかったけれど、フランスで売っているような大きな「ムェラングェ」が見つからない。自分で焼いてもいいけど、あまり手間がかかるとレギュラーメニューにならない危険性がある。ようやく近くのパン屋で、小さく絞り出して焼いたクッキー風のメレンゲを見つけ、それでやってみることにした。ところが、このメレンゲが……「しっとり」していて、砕いて入れたらアイスクリームの中で溶けて、存在感がほとんどなくなってしまったのだ。ホワイッ、ジャパニーズ！　と叫びながらも、くじけずに、砕かないでまるのまま入れて再度チャレンジしてみたら、まずまずのできになった。マロンの濃厚さがありつつ、重たくなくて、いくらでも食べてしまえる。風味と食感の見事なバランスには脱帽だ。

フランスの味や感覚を、気候が違う日本で完全に再現するのは難しい。例の四角いバゲットも、叔母のキッチンではビニール袋などに入れることなく、隙間だらけのブリキの缶に入れて保存されている。だからよけい「バリッ感」になるのだろう。私も焼いたパンを密閉しない容器に入れておこうか、と一度は思ったけど、ここは日本……。カビの餌食になる展開が目に見えるから、ジップロックに入れ、でも以前よりは隙間がある、風通しのいい冷凍室で今日も保存している。

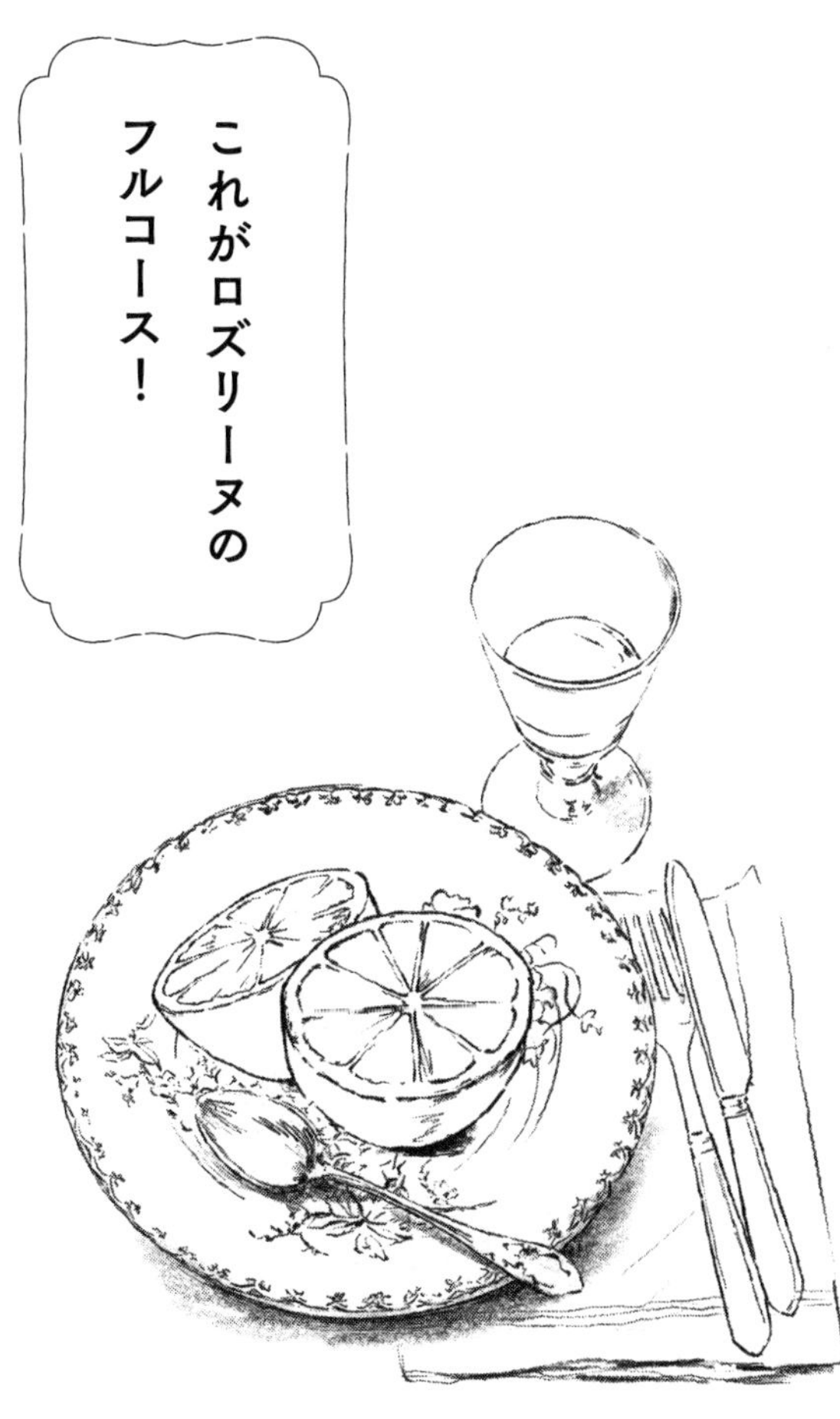
これがロズリーヌの
フルコース！

私が部屋を借りているところの隣りは農家で（一応、東京です）、畑で穫れたものを「無人販売」している。新鮮な野菜が買えて嬉しいが、けっこうチャレンジャーな人が野菜を作っているようで、こんなの作ってみました、とばかりに珍しい野菜もときどき並んでいて驚く。生では食べられません、と注意書きしてあるイタリアのトマトや、普通の店では見ないルバーブなども季節になると置かれ、こちらも馴染みない食材にチャレンジして、食卓が豊かになった。

畑の向かい側にはアメリカンスクールがあり、子供を送迎する欧米人のお母さんたちも、こんなところにルバーブが！　と彼女らにとっては馴染みある食材を嬉しそうに買っていく。フキとよく似ているそれは、同じように繊維質で、赤みがかっていて、中には真っ赤なものもある。味はイチゴに似ていて、ジャムなどにすると酸味が爽やかでとても美味しい。

叔母のロズリーヌも私が滞在中にルバーブでデザートを作ってくれた。本場のそれは、太くて、味が濃く、清涼感のある日本のものとは別物と思えるぐらいだけれど、旬を楽しむ素材であることは間違いないようだった。隣りの「無人販売」のおかげで、季節の作物を以前よりも知るようになったからこそ、ハーベスト（収穫）を楽しむということでは筋金入りのフランスのキッチンで、叔母がどのように旬の素材を使うか、これは見ておかなきゃと思うようにもなった。

前章で、叔母の家の冷蔵庫の中が風通しがいい、という話をした。そもそも、なぜものをあまりそこに入れないのかといえば、基本的にフランス人は古いものを食べないからでは？と私は見ていて感じた。たとえばこんなことがあった。滞在中、叔父夫婦にモン・サン＝ミッシェルまで連れて行ってもらった。一泊二日で観光を終えて、叔父の家にもどってきた私は、小腹が空いたのでキッチンに行って冷蔵庫から牛乳パックを出して飲んでいた。すると、

「ノーン！」

叔母がすごい勢いで飛んできて、そんな古いものを飲んではダメです！と取り上げられた。「もう飲んじゃった」と言うと、大丈夫か？と毒でも飲んだように私の顔をまじまじと見つめる。三、四日前に開封したものだから、問題ないと思うのだが。その叔母の反応から、フランスって酪農王国なんだなぁ、とも思った。言うまでもなく、チーズやクリームなどの乳製品が豊富にある国で、新鮮なものを食べることにこだわるようだ（チーズは長く寝かすものもあるけど、それも食べごろに大変こだわる）。

野菜に関しても、叔母が庭で作っている、穫れたて、食べごろの野菜が優先的に食卓に出される。新鮮であること、美味しいときにいただくことが、なによりのごちそう、というのが伝わってくる。はんぱに古いものは食べないから、おかずをタッパーに作り置き、というのは見なかったし、冷蔵庫には乳製品と、開封したピクルスのビンと、自家製ドレッシングぐらいしか入っていない。

もちろん買い置きしてある食料がないわけではなくて、むしろそれは日本人の家よりもある。ガレージのよこには、欧米ならではの食料貯蔵室（パントリー）という小部屋があり、長期保存が可能な食料品はそこにストックされている。豆、穀物、ドライフルーツ、菓子、調味料、ビン詰、缶詰、そしてワイン。小さな棺桶ぐらいある冷凍庫もあって、凶器になりそうな肉の塊も入っている。週末に人が来るときにはそれを前日から解凍して、一気に料理して、食べてしまう。貯蔵室は食料でいっぱいだけれど、日々使う冷蔵庫はがらがらというのが面白い。貯蔵できない生ものは、美味しいうちに食べるというのが基本なのだろう。私も独り暮らしを始めた頃、冷蔵庫が壊れてしまって、しばらくそれなしで生活したことがある。肉、魚、野菜などは食べるぶんだけ買ってきて、新鮮なうちに食べてしまうというのは、食卓がシンプルになるけれど、案外悪くなかった。

でも、大好きなある食材を保存するためには、やっぱり冷蔵庫は必要だなと思っていたが、その概念すらもフランスで覆されてしまった。ソフィーの家に滞在していたとき、彼女の夫ニコラ（彼は生粋のフランス人）が私たちに語った衝撃の事実。

「うちの田舎じゃ、バターは冷蔵庫に入れない。まずくなるから」

そうなの!? さすがに私もこれには驚いた。バター大好きでも、室温のまま置いといた方が美味しいだなんて、知らなかった。でもソフィーは、

「それは、あなたの田舎だけ」

と冷ややかに返していたから、現代のフランスでは、もはや古き慣習なのかもしれない。とはいえニコラの実家も、できたてのフレッシュなバターがすぐ手に入る環境にあるんだな、とうらやましく思った（そして寒い地方だと思う）。


バターのように本場に行って知ることは多い。フレンチ＝フルコース、という定番の思い込みがあるけれど、フルコースという食べ方の本来の意味も、今回来てみて、そういうことなんだ、とわかった。日本だと、子供はお祝いの席などで、フォークとナイフの使い方を教わりつつ、フレンチのフルコースを初体験することが多い。私も子供の頃から、たまにだけどホテルやレストランの厳か（おごそ）なムードの中でフランス料理を食べることがあった。けれど、小学生で初めてフランスに行ったとき、その日本のフレンチと叔母の料理は、まったくくっ

つかなかった。日本で食べるフランス料理となぜ違う？　と子供ながら思ったものだ。

「レストランで食べるお料理と、家庭のお料理は違うのよ」

私が問うと母は返した。日本で食べるフレンチは「高級店の形」だという。それが本当かどうか確かめたいから、フランスにいるうちに高級店に連れて行って欲しい、と母に頼んだけれど、却下された。

非常に心残りだったので、今回の旅行で、もういい大人だから自腹で確かめてみた。ソフィーおすすめの、ワイン販売会社が営んでいるというパリの洒落たレストランで、本場のフルコースを初体験。確かに、日本のフレンチレストランと同じように、厳かに料理が運ばれてきて、リッチで、その形態に大きな違いはなかった。でも、子供の自分に、今私はこう言って訂正したい。「お店のフランス料理」も「家庭のフランス料理」も同じです。大きな違いはありません、と。

なぜそう思ったかというと、ソフィーが子供たち（五歳と八歳の男の子）に食事をさせているのを見ていたら、それがちゃんと「フルコース」になっていたから。ある日のメニューでは、彼女は子供たちに可愛らしい二十日大根みたいなものを渡して、食べさせるところから食事をスタートさせていた。これはフルコースで言うところのオードブルだ。二人がそれを食べ終えると、野菜スープを注いだ小さなカップが置かれて、子供たちはゆっくりそれを楽しむ。飲み終わったら次はメイン、魚の切り身をのせた玄米のリゾットのようなもの。そしてデザートに甘いヨーグルトみたいなものを食べて、終わり。テーブルに着いた男の子たちが、まずは葉付きのちっちゃい大根を握って、生のまま楽しそうにかじるのを見て、「オードブル」というものはフレッシュなものを見て、食べて、食欲を盛り上げていくものなんだなぁ、と今さら知った。

叔母が作ってくれる夕食も、庭で穫れた野菜から始まることが多い。だから子供のように勢いよく手が皿にのびてしまう。生ハムや牡蠣など生で食べるものを買ってくれば、一番初めにそれが出てくる。そしてグラタンや煮込み料理など、火をよく通した方が美味しい食材で作ったメインの料理があり、チーズかフルーツが続いて、最後にデザート。レストランのフルコースと同様に順番に食べてはいるが、仰々しい雰囲気はなく、とても自然な流れで一つ一つを大事に食べていることに気づく。高級店では、これでもかと趣向を凝らして作った料理が一品一品、客を驚かそうとばかりに出てくるから、なんとなく「ゴージャスな食事」という印象になるけれど、必ずしもそれはフランス料理の真髄ではない。本場のフルコースは「全ての食材をどうやってベストの形で食べるか」というコンセプトから生まれている。

子供の私が感じた、日本のフレンチと本場のフレンチの違い**も**、もしかすると、順番に出てくるとか、見た目が凝っているとか、そういうことではなかったのかもしれない。そこで改めて記憶をたどってみようと、子供のときに体験した「フランスの味」というものを、まずは思い出してみることにした。

最初によみがえったのは、幻の黄緑色のフルーツ。丸くて小さくて、青い梅みたいなんだけれど、味はメロンのようでもあった。フランスで食べたきり二度と見たことがなくて、未だに正体がわからず、本当にあったのか、想像物なんじゃないかと思うぐらいだ。熟れていない青い洋梨も、いとこたちの真似をして喉が渇くと水代わりにかじった。叔母がむいてくれたアーティチョークの甘さもおぼえている。パリの中心に遊びに行ったときは、微炭酸にレモンが入っている「シトロン」という飲み物を買ってもらった。蒸かしたじゃがいもに溶かしたチーズをかけて食べるラクレットも大好きで、これは日本のチーズでやっても美味しくないだろう、と子供ながらに思ったものだ。

どれも日本に持って帰りたかったけれど、日本人の子供の口に合わないものもあった。色々な野菜を一緒に焼いたオーブン料理が出されて、今思うとラタトゥイユ的なものではないかと思うが、知らない野菜の苦みが強くて、どうにも食べられなかった（今食べたら、美味しいんだろうなぁ）。表皮が黒い大根にもびっくりしたが、水分がなくてすかすかで美味しいと思わなかった。

どちらにしろ鮮明に思い出すのは、素材の味だ。このように記憶を並べてみると、私の中で「日本のフレンチ」と「叔母の料理」がなぜくっつかなかったか、本当の理由が見えてくる。当時はまだ十歳でボキャブラリーがなかったからしかたがないが、もし今だったら、私は母親にこのように投げかけているだろう。

「フランスのフレンチは素材の味が強烈で、またそれを引き出すような絶妙な調理の仕方をしているのに、なぜ日本のフレンチはそれをしてないの？」

日本のフランス料理にダメ出ししているように聞こえたら（聞こえますね）申し訳ないけれど、あくまで四十年近くも前の話なので（最近の日本のフレンチは、本家を超えている店も多いと思います）。自分に味覚のセンスがそこまであるとも思っていない。けれど、子供の舌は敏感だから、ちゃんと素材の味を拾っていたのではないだろうか。新鮮で食べごろの素材をまずは食卓に並べ、鮮度が関係ないものは、また違った形のベストな状態で食べる。むしろ合理的。それがフランス料理なのだ。

ベストな状態といえば、もう一つ子供の頃のエピソードがある。当時はまだ自分でパンを焼いてはいなかったロズリーヌが、近所のパン屋で買ってきたバゲットをキッチンに置きっぱなしにしていた。それを見つけた母と私は、焼きたてが食べてみたくて、こっそり試食しようとした。すると、叔母がキッチンに飛びこんできて、バゲットを私たちから取り上げた。

「まだ熱いです！　中は糊みたい（ベタベタ）で美味しくない」

そして完全に冷めてからトースターで、口が切れるぐらいバリッと焼いて食べさせてくれた。母も私もそれまでモチモチ派だったが、以降バリバリ派となった。

微妙な感覚の違いが面白いが、旬の食材や鮮度に敏感なのは日本も同じだ。でも四季に追われているせいか、より早い「初物」を愛する向きがある。たとえば、寒い時期から大粒の宝石みたいなイチゴが店頭には並ぶけれど、本来の時季、露地栽培でそれが育つ五月頃には、別の初物に代わって店から消えてしまうことに、小さなイチゴが好きな自分は少々不満を感じる。ルバーブのデザートと同じく、叔母が手早く作ってくれたイチゴのシンプルなデザートも五月の初めに夕食に出されて、目にも美しく美味しかった。この原稿を書くにあたって、あのイチゴのデザートはどうやって作るの？　と叔母にメールで聞いたら、

「イチゴとバナナを切って、レモン汁と砂糖でマリネする。そしてミントの葉とボリジ（青い食用の花。ハーブでもある）を散らす」

と返信が来た。さすがにシンプルすぎると彼女も思ったのか、「私の母は、赤ワインでマリネすることもあったわね」と付け加えてあった。でも、とても簡単であっても、そこらの

イチゴのタルトなんかより美味しいのだ。手をかけるのが必ずしもフランス料理ではない。今ある素材をベストな形で楽しむ。それに尽きる。

そしてルバーブのデザートの作り方もうろおぼえだったので、正確な分量などを教えてくれるよう叔母にまた頼んだ。私の記憶では、クランブルの生地（そぼろ状のクッキーの生地）を生のルバーブの上にふって焼いただけの、やはりシンプルなものだったけれど美味しかった。ところが、返ってきたメールにあるレシピは……どう読んでもそれとは違う、プディング的なものだった。なんで？　と謎だったけれど、たぶん、今の時期に手に入るルバーブで作るなら、そちらがベストなのだろうと、日本の爽やかなルバーブでそれを作ってみた。一口食べて、レギュラー入りが決まった。

新鮮な野菜を提供してくれる、隣りの「無人販売」。とはいえ、そこの野菜だけではもちろん暮らせない。置いてあるものが切り干し大根だけになるときだってある。スーパーに行って遠くから運ばれてきている野菜を買うことの方がやはり多いけれど、そんなときは、叔父の家に十人近く人が集まったときに叔母が出したフルコースのオードブルを思い出すようにしている。それは「パンプルムース」だった。フランス語だと新鮮に聞こえるけれど、英語にすればなんてことない、スーパーでもどこでも手に入るグレープフルーツ。それをただ半分に切っただけのものだった。大人数だからの、手抜きだったかもしれない。でも、メイン料理のクスクスは美味しかったし、洒落たお皿の上で「パンプルムース」は堂々としていた。そして間違いなく、グレープフルーツが旬の時期だった。

空の下で、バゲットに板チョコをはさむ

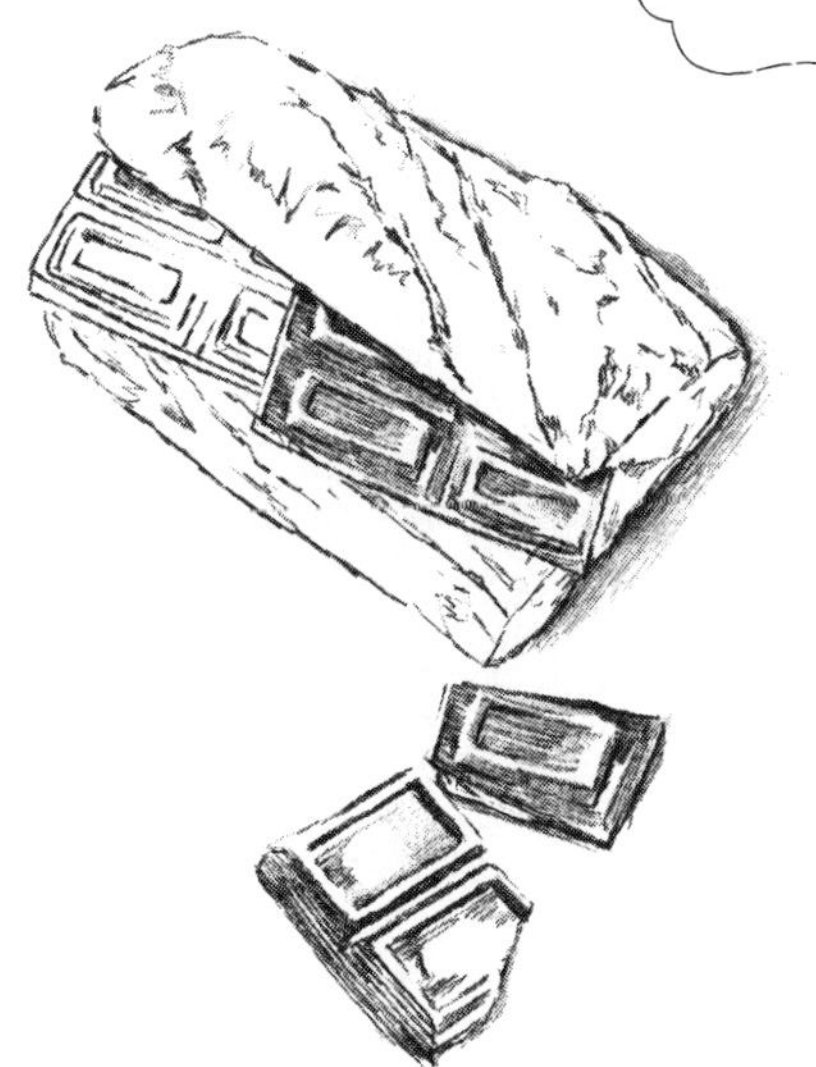

初めての異国で過ごした十歳の夏休みの記憶は、未だにとても鮮明。子供だからこそ、身体（からだ）で感じたフランスがそこにある。大人になり、「観たい、食べたい、買いたい」な欲望旅行をするようになってくると、帰ってきてから思い返しても、実は印象的なものが浮かんでこなかったりする。頭でつかちではなかった頃の記憶は、二度とは持てない宝物だ。

とくに歴史好きでもなければ、子供は古いものにもありがたみを感じない。ベルサイユ宮殿も一日かけて観たらしいが「暗い」ということしか記憶にないし、エッフェル塔にも登ったようだが「古くさい」ぐらいとしかおぼえていない。

じゃあ、なにを今でも鮮明に思い出すの？　と問われれば……「空」だ。世界遺産でも、洒落たパリの街並でもなく、空。どこにでもある空。色だって日本と大きく違うわけではない。でも忘れられない、夜九時の青空。

フランスに来たとはいえ、子供の暇のつぶし方は日本にいるときとなんら変わらない。一緒に来た兄と日本人のいとこ、そしてフランス人のいとこ三人と、叔父の家の庭や近所をただ走りまわり、少ない遊具を駆使して、日々遊んでいた。私たちがはまっていた遊びの一つは卓球だった。ラケットとピンポン玉だけがあり、最初は家のテーブルでやっていたのだけど、飽きてきたので外に出て、バドミントンのように、庭でただ打ち合う遊びをやり始めた。難しいけど面白くて夕飯を食べたあとも続け、ソフィーが高く打った玉を打ち返そうと、上を見上げたとき、

「もう九時になるから、家に入りなさーい」

と叔父が呼びにきた。えっ、九時？　と驚いた瞬間に見た、ピンポン玉がまだ充分に確認できる、裾がピンクに染まり始めた、薄い青色の空が忘れられない。

時は過ぎて、四十代になって叔父の家にもどってきた私は、だいぶ様子が変わった庭で、感慨深くあの夏休みを思い出していた。池や畑が作られて、今ここで屋外卓球をやったら大変なことになるな、と思っていると、ロズリーヌが昼食をキッチンから運んできた。

「いい天気です。外で食べます」

叔母は空に手をふるような仕草で、天気がいいことを表した。まだ三月上旬だけれど、言葉どおりいい天気だった。叔母は首まわりが大きく開いたTシャツだが、私はセーターをはおってちょうどいいぐらいの気温。パラソルの下のガーデンテーブルには、オリーブの木が描かれたプロヴァンス柄のテーブルクロスがかけられ、庭で穫れたつまみ菜のサラダと「塩

豚とレンズ豆の煮込み」という、昼から叔母が腕をふるってくれた料理が並ぶ。叔母と叔父、私とN君でテーブルを囲んで、春の平日、太陽の下でランチをいただいた。キッチンにはできたてのサクランボのタルトが待機していることも、私は知っている。

ああ、なんという幸せ！　フランス語だと、ボンナー！

フォークを握りしめて私は空を仰いだ。やはりその色は薄い青だった。外で食べるってなによりのごちそうだと思いながら、やわらかい塩豚とレンズ豆の絶妙な組み合わせを堪能していると、叔父に、今はどんなところに住んでいるの？　と聞かれた。日本の記憶が日々薄らいでいく叔父にわかるよう、私は東京のF市の自然が多いところに部屋を借りていると話した。小さな飛行場があり、広大な都立公園があって森のよこに住んでいるような感じだと。

「セ、ビャン（いいわね）」

と叔母が返した。私は、あれっ？　と思った。考えてみたら日本でだって、このように幸せな屋外ランチができる環境に私はいるではないか。確かに引っ越した当初は、お弁当とノートブックを持って公園に行き、青空の下で仕事しよう、なんて意気込んでいたけれど、結局そんなことをしたのは一度か二度。最近は自転車でショートカットするときに通るぐらいだ。そこで日光浴している外国の人たちを、寒くないのかなー、と横目で見ながら。

欧州ほどではないけれど、日本もおしゃれなカフェなどにテラス席が設けられているところが多くなった。けれど喫煙者が座っていることが多いし、席をとりあうほどではない。もちろん、フランスのように外の席の方がコーヒーの値段が高いなんてこともない。日本人の中でも自分がインナー派であることは認めるけれど、それでも日本人は、欧州人ほど太陽には飢えていないように思う。彼らには食欲と同じぐらい「太陽欲」があるように感じる。アジアと比べて日照率が低いから、身体が無意識に求めるのだろう。実際、日光を浴びないと、ビタミンDが不足して病気になってしまうとか。

そんなことは昔は知らなかったから、いとこのマチュウがまだ十代のときに日本に来て、実家の軒下にある細い縁側に、上半身裸で寝そべって日光浴を始めたときは、ギョッとした。当時は日光浴なんて、金のネックレスをしている兄さんがプールサイドでやるものというイメージだったから、

「近所の人が見たら恥ずかしいから、やめて！」

と思ったものだ。まだ幼稚園児であるソフィーの子供ですら、アパルトマンのベランダで、言われなくても自ら日光浴をしていた。いっちょまえに小さなサングラスをかけているので笑いを誘うが、本人は真剣。夏の夜が九時まで明るいということは、逆の季節はその暗さも相当だということ。太陽に焦がれるからこそ、太陽がいっぱいな生活を送ることが習慣になっているのだろう。

叔母と、その習慣にすっかり染まった叔父と一緒に出かければ、外食も屋外で食べることが多くなる。テラス席がなければ、なんと入店をやめるときだってある。私は「ああ、ここのガレット食べたかった……」と後ろ髪をひかれながら二人の後ろを追いかけることになるが、それならサンドイッチでも買って、歩きながら食べた方がいいと思うらしい。

そんな叔母の背中を見ていたら、ふと三十数年前の記憶がよみがえった。エッフェル塔を皆で観に行ったときのことが、鮮明に思い出されたのだ。それは帰り道での出来事。観るものを観た私たちは、駅に向かってセーヌ川のほとりをぞろぞろと歩いていた。見ると、一番後ろにいる叔母が、どこかで買った、ハムだけをはさんだバゲットのサンドイッチを、歩きながら食べていたのだ。少食の叔母が夕方の変な時間に、自分だけなにか美味しそうなものを食べている！　と、子供の私は驚いたのだった。

叔母は、昔も今も料理をどんどん作ってもてなしてくれるが、自分はそれを味見していどにしか食べない。日本のお母さんと同じく、家族やお客がたっぷり美味しく食べているかだけを常に気にしていて、自分の食事はあとまわし。今回訪ねたときも、叔母だけ前日の残り物を食べているのを見て、どこの国の母親も同じだなと思った。でも、世のお母さんたちには密かな楽しみがあることを、その歳になった私は知っている。家事がちょっと一段落してホッと息をつく、その変な時間に、こっそり好きなものを一口やるという楽しみがある。

あのとき叔母も、日本から来た親戚一同を連れて一日パリを案内してまわり、ようやく家路につくときにホッとできて、道にあった屋台で好きなそれを買ったのだろう。セーヌのほとりを歩きながら食べるハムサンドは、彼女にとって最高のごちそうなのだ。目撃してしまった子供の私にも、それは特別美味しそうに見えた。そのことを思い出してから、さっそく別の日にセーヌの辺りで探してみたけれど、パンを売っている屋台も、あそこまでシンプルなサンドイッチも見つけられなかった。

同じセーヌ川に沿って、パリから車で一時間ぐらい下流に下ったところに、ジュジェという町がある。叔父の親友がそこに夏の家を持っていて、今回の旅ではそこにも招かれた。川のよこに車を停めて、ボートで川の中にある中洲のような小さな島に渡ると、そこはパリに住む人たちが夏を過ごすという、プチ別荘地のような場所で、可愛らしいお家やキャビンが並んでいる。どれもコンパクトなのは、あくまでここは日光を浴びるために来る場所で、家は寝られるスペースだけあれば充分だからだそうだ。

叔父の親友H氏も、若い頃からフランスで暮らしている日本人で、奥様も日本人。H氏のキャビンに一歩入ると、馴染みある匂いがして、そこは心落ち着く日本の家だった。寝られるだけのスペースに、充分暮らしが感じられるのは、日本人ならではかもしれない。とはいえ私たちには日常的な風景なので、職業柄、フランスの建物をカメラで撮りまくっているN君も、このときだけはカメラをしまって、ロズリーヌが持参したランチを庭のテーブルに並べるのを手伝っていた。

私も叔母が用意しているランチのことが、朝からずっと気になっていた。それは、見るからに外国の絵本に出てくるようなお弁当だった。色々と詰めた大きなバスケットには茶色と白のギンガムチェックのクロスがかぶせてあり、ワインのビンが頭を突き出している。クロスをとると、まず出てきたのは上等なカマンベールチーズ。アンディーブ（チコリ）のサラダ。そしてメインは、四角いバゲットを焼くときに使うのと同じ大きなパウンド型で焼いたもので、ロズリーヌいわく、

「お布団の中のソーセージ、というお料理」

だそうだ。四角いパンのように見えるが、それよりもしっとりとしたそば粉入りの生地の中に、巨大なソーセージが一本、入っている。分厚くスライスしたそれと、添えられたサラダを一緒にいただけば、食べごたえは充分だった。生地の中で旨味を出している日本では見たことがない特別なソーセージが、そのボリュームをになっている。叔母はそれを二つほど焼いて持ってきたけれど、六人で食べてちょうどだった。ワインとチーズもいただいて、最後に柑橘系などのフルーツを叔母がその場で食べやすく切ってくれる。バスケットのビジュ

アルを裏切ることなく、本場のピクニック料理だった。

品数が多ければいいってもんじゃないんだな、とまた一つ学ぶ。幕の内弁当みたいなのがゴージャスだとつい思ってしまうけれど、「外で食べる」ことを考えれば、出かける前に時間をかけずに作れて、持っていくのも楽で、屋外で並べても場所をとらないものがいいに決まっている。お肉とパンが合体しているこの料理は、とてもピクニック向き。贅沢なソーセージを使うことで、ちゃんとしたメインにもなっているし、ワインやチーズも普段より上等なものにすることで、満足感が生まれている。こんなに少ないアイテムでも完璧なランチであることが、素晴らしい。そしてなにより「外で食べる」ということが、全てをリッチにしているのだ。

招かれた家の庭で、叔母はなにも借りず、持ってきた小さなフルーツナイフで果物をさくさくと切っている。それを見ながらキッチンで料理しているときと、なんら変わりがないことに気がついた。欧米人はまな板を使わず、野菜なども鍋の中に直接切り落としていくようなことをやる。また肉の塊なんかは庭にあるグリルで焼いたりする。屋外で料理をすることに、あまり不便は感じなさそうだ。獲物を追って移動する狩猟民族のルーツを持つ、というイメージで彼らを見ると、「家」の中ではなく「外」がむしろ生活の場なんじゃないか、と思えてくる。この別荘地のように家の中ではなく青空の下が、そもそもいるべき場所なのだ。

鏡のように風景を映すセーヌ川の水面をながめながら午後のひとときを過ごし、陽が少し傾いてくると、叔父夫婦は友人夫婦に別れを告げて、腰をあげた。そして叔母が運転する車に乗って、私たちは家へと向かった。叔父は体調が悪くなってから運転するのをやめたようで、ロズリーヌがハンドルを握って私たちを運んでくれる。

「行けるものなら、車で日本に行きたい」

と言うぐらい彼女は運転が好き。基本、目的地までぶっ飛ばすが、広々とした眺めのいい場所に来ると、車を止めて休憩する。そしてバスケットの中にまだ隠されていた、チョコレートなどをくれる。子供のように喜んでそれを食べながら私は、鮮明によみがえる三十数年前の記憶を、また一つ引き出していた。それもまた、美味しい記憶。

あのときも、日本から来た私たちは、叔父と叔母が運転する二台の車に乗って、ロワール地方に一泊旅行に行った。当時は有料道路もなく、半日かけての大移動だ。途中、牧場のようなところで止まって休憩をとった。

例のごとく叔母は自分は休まず、車のトランクを開けて、なにか出している。その頃から「ロズリーヌのそばにいれば、いいものが出てくる」ということを感じとっていた私は、彼女から離れずにいたが、一緒にトランクの中をのぞいて驚いた。バゲットが二本、素のまま放り込んであったからだ。カルチャーショックを受けている私のよこで、叔母はそのバゲットを、もちろんまな板を使うことなくナイフでちぎるように大きく切って、切り込みを入れると、大胆に割った厚い板チョコをはさみ、

「パン・オ・ショコラです」

と私に渡してくれた。えっ、フランスパンに、板チョコ!?　子供の私はさらに衝撃を受けたが、パンとチョコの香りに誘われ、ためらわずにかじってみた。板チョコのほろ苦い甘さと硬さ、バゲットの皮の嚙み切れない感じと、若干の塩気。その組み合わせは絶妙だった。こんなに簡単で、美味しいオヤツがあるなんて……。

その味が忘れられなくて、日本に帰ってきてから母に頼んで作ってもらったが、同じ味にはならなかった。あれは、叔母が青空の下で、パパッと作ってくれたものだから、フランスという異国で食べたものだから、美味しかったのだ。子供ながらにわかって、二度とそれを日本ではやらなかった。フランスという国に敬意を抱いたのは、実はあれが最初だったかもしれない。

大人になって行ったパリで、フォション特製の素晴らしいケーキを食べたけれど、自慢するために写真も撮ったけれど、その味が十年後も記憶に残っているかは、わからない。でも、板チョコをはさんだバゲットの味は、昨日食べたかのように、今日も思い出せるのだ。

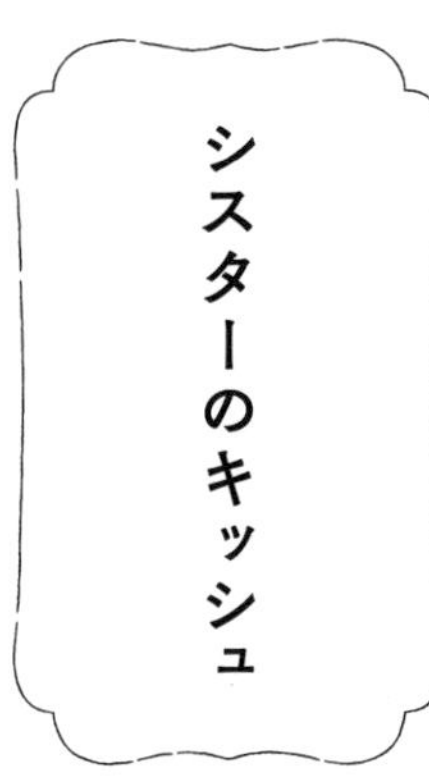

シスターのキッシュ

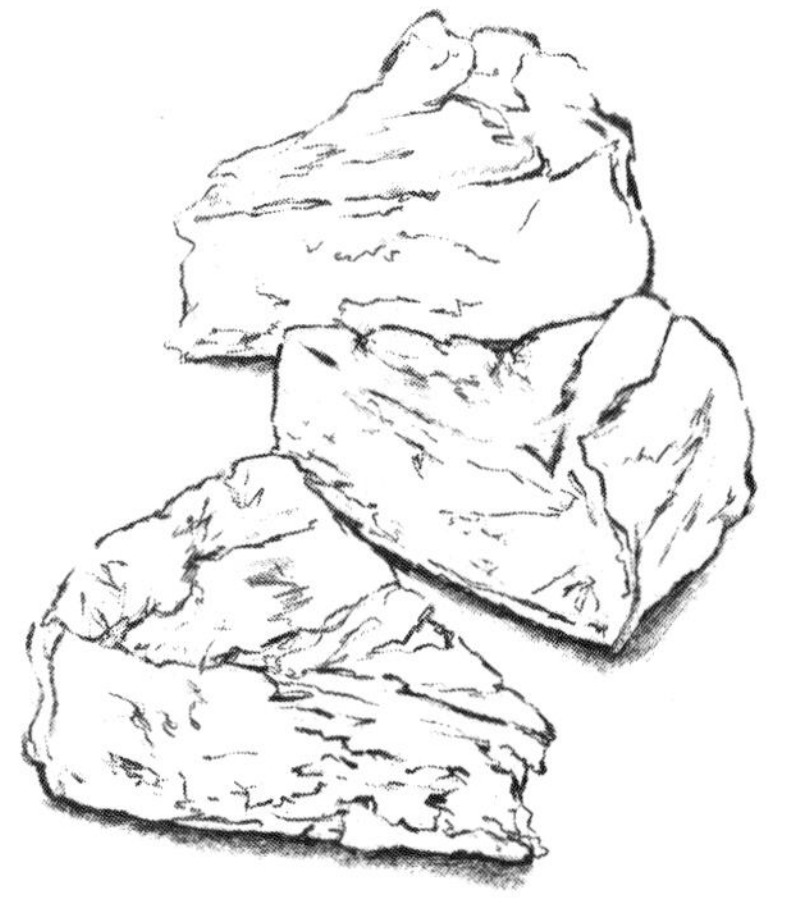

大学を出てすぐにフランスに渡った叔父は、その地で叔母ロズリーヌと出会い、結婚して家族を持った。子供は、ソフィー、マチュウ、クミの三人。違う言語をしゃべるいとこたちは、夏になると日本にやってきて、もの心ついたときから私にとって彼らは特別な存在だった。私の人生に良くも悪くも影響を与えていると言っていい。彼らから学んだことも多く、ソフィーとクミからは、美味しいレシピを教わることもある。叔母の娘であるから、もちろんはずさないものを伝授してくれる。

長女のソフィーは私より三つ年下で、彼女も四十代になった。叔母に似てすらりとしていて、勉強家であり、都会派でもある。「パックス」というフランスでは法的に認められている事実婚の夫がいて、子供は小学生の男の子が二人。ガブリエルとマルタンは、クォーターになるけど、日本の血を探すのは難しいぐらい色が白くて目が大きくて、童話に出てくる王子様のよう。マルタンが生まれてすぐに病気をした経緯もあり、ソフィーは普段から食べるものにとても気をつかっている。それを知らず、日本からのお土産に子供たちが喜びそうな、でも体に悪そうな駄菓子を山ほど持ってきた私は慌てて隠し、それは旅行中の私の非常食となった。

とはいえ、日本と同じだなと思った。私の友人などもそこそこ余裕がある家は、自分はさておき子供の健康のために選んで食材を買っている。フランスにもナチュラル系のスーパーがあり、若い女性や、子供を連れたお母さんが買物をしていた。ソフィーも、ほとんどの食材をその手の自然食品店で買ったり、届けてもらったりしていた。おかげでフランスに到着した日から、こちらも厳選された食材を味わうことになり、外で安いランチなどを食べるとクオリティーが低いのがわかってしまう。けれど、前にも書いたように毎食が贅沢というわけではない。ソフィーたちが普段食べるものはいたってシンプルで、驚くほどだ。

ソフィーから教わったレシピで、私が一番頻繁に作っているのは、フレンチドレッシング。本場ではヴィネグレットソースと呼ばれるものだけど、これも私の中で概念が大きく変わった。私が子供の頃は、市販のものも今ほど種類がなくて、母がドレッシングもマヨネーズも作っていたけれど、手作りはいまいちパンチがなく、たまに市販品を使うと味が濃くて美味しいと思ったものだ。またアメリカに留学したとき学食にあったそれは、もったりと乳化したものばかりで何種類も選べて、サラダにかけやすくて喜んでいたら、みるみる太ってしまい、最後の方はコックさんにビネガーだけをもらってかけていた。そしてこの歳になってくれば、買ってきたものは味が濃すぎるし、とはいえ自分でちゃんと作るのは面倒。ドレッシングというものに対して、どうも落としどころがなく不満のようなものがあったが、ソフィーのキッチンでそれが見事に解決された。標語にすればこうなる。

ドレッシング、混ざってなくても、いいのです。

ソフィーが冷蔵庫から出してきたドレッシングは、カフェオレボールになみなみと入っている緑色のオリーブ油の底に、ディジョンマスタード（辛くないフレンチマスタード）の固まりが沈んでいるものだった。もちろん塩コショウ、バルサミコ酢などのビネガーも入っているが、作るときも食べるときも、無理に混ぜあわせる努力はせず、完全に分離しているものをスプーンで数回、簡単に混ぜて、かけるだけ。これがシンプルだけど、美味しい。オイルもビネガーも、上等なものを使っているからではあるけれど。食べる前に、ドレッシングのビンを手がちぎれるほどふっていた、あの行為はいったいなんだったのだ？　と思ってしまった。白く乳化させることの意味も、今となってはまったくわからない。玉ねぎやニンニクなども入れなくていいのね、と思ったが、以前、私の母がロズリーヌから教わったというテクニックを、ふと思い出した。それはニンニクの切り口を、サラダボールの内側にくるくると二、三周こすりつけるだけ、というもの。そのボールに生野菜を盛れば、いい香りがうつり、ニンニクそのものは口に入らないから強くなくていい。分離ドレッシングとその裏技があれば、もう充分だ。

ソフィーからは、多忙な母親らしいレシピも教わった。保存しておけるトマトソースだ。ざく切りにした玉ねぎとニンニクをオリーブ油でよく炒めてから、生のトマトとローリエを入れて煮込む。煮詰まったらブレンダーにかけて、塩コショウで味をつけるだけ。叔母のアイスクリームと同様に、彼女もそのオレンジ色のなめらかなソースをガラスのビンに詰めて、冷凍室で保存していた。これをかけると子供がなんでも食べるといってパスタや茹でた野菜にかけて食べさせていたが、子供でなくてもあとをひく美味しさで、すっかり我が家の定番になっている。茹でたパスタをそのトマトソースであえて、バジルの葉とパルメザンチーズをのせれば、立派なメニューになる。ソフィーは完熟トマトを贅沢に使っていたけれど、日本はトマトも季節によっては高いから、私はトマト缶で代用することも多い。それでも美味しいものができる。作ったそばから完食してしまうので冷凍することもないけれど。

ドレッシングにしろ、トマトソースにしろシンプルで、少ない手間で作れるからありがたいレシピだ。でも、シンプルなものこそ、素材が良くないと美味しくない、ということがある。私の場合、金に糸目をつけないで材料が買えるほど、生活に余裕はない。オリーブ油など輸入ものになればなおのこと、選びだしたら大変な値段になってしまう。それでも、たとえ高価なものを使えなくても、シンプルなものを作ることが、今の時代には必要かもしれない。叔母と同じく、物を多く置かないソフィーのキッチンを見て思った。
ここでは、自分がなにを食べているかがよくわかり、不透明さがない。添加物を加えて無理に乳化させてあるものは、扱いやすく舌に心地よいけれど、なにが入っているかもよくわからないし、自分がなにを食べているかも、あまり考えなくなってしまう。「ドレッシング」というくくりではなく、オイル、ビネガー、スパイスを、個々に感じつつ、舌の上で初めて調和させて楽しむと、素材の味にも結果、敏感になってくる。週末に時間をかけて作るような手のこんだフランス家庭料理もいくつか教わったけれど、結局、日本に帰ってきてから一番作っているのは、簡単にできる四角いバゲットと、ドレッシングと、トマトソースだ。どれも彼女たちが使っているほど良い素材は使っていないけど、同じ値段のトマト缶でも、こっちは美味しいとか不味いとか、味に少し敏感になってきたように感じる。

料理のセンスの良さで言えば、次女のクミも負けてはいない。ソフィーが都会派なら、クミはワイルド系。容姿的には誰より日本人的な雰囲気を持っている彼女は、子供の頃から誰よりくいしんぼうだった。日本語も「こんにちは」より先に、「おにぎり」「うめぼし」をおぼえたぐらい。いつも元気で活動的な彼女が、ガールスカウトやボランティア活動に熱中していると聞けば、彼女らしいと驚かなかったが、さすがにカソリックのシスターになったと聞いたときは、えっ？　と耳を疑った。宗教の話など聞いたこともない家から、まさか聖職者が出るとは。話では、カソリックの宗派の中でも行動で信仰を表現することを大切にし、助けが必要とされる貧しい地域などに積極的に赴いて、救済や貢献をする派であるとか。シスターになった彼女に久しぶりに会うと、イメージとは違い、生成りやベージュの派手でない服を着てクロスを下げているだけという現代的な装いで、彼女らしいな、と納得した。

クミは現在はブラジルの教会に派遣されていて、そこでの活動に従事している。貧困地域は学校が午前中で終わってしまい、親も働いていて、子供たちだけで遊んでいるときに犯罪に巻き込まれることが多いので、学校がない時間に音楽や勉強を教えたりしているようだ。話だけ聞くと深刻だけれど、写真で見ると皆明るくて、クミも楽しそう。音楽好きの土地で、得意のバイオリンを片手に、子供たちと踊っている。どんな食生活を送っているか訊ねれば、やはり支援を受けてぎりぎりのところでやっているみたいだ。でも、贅沢はできないけれど、おろそかにはしない豊かさがある。順番で料理を作ったり、祭事や集まりがあるときは、皆で腕をふるうという。そんな様子も写真で送ってくれて、部屋やテーブルなどは本当に質素だけれど、そこらのカフェより美味しそうな料理が並んでいる。さすがフランスのシスター。

そんなときに作る一品を教わった。シスターは菜食主義というわけではないけれど、それらしい一品で、野菜だけで作れる「キッシュ・オ・プロヴァンス」だ。フィリピンでの活動に向かう途中で日本に立ち寄ったときに、私の実家でクミはそれを、ささっと作ってくれた。印象的だったのは、ほとんど日本の台所にあるものでそれを作ってしまったことだった。キッシュを作ると聞いて、けっこう時間がかかるのでは？　と思ったけれど、クミはたいそうなことではないというように作り始めた。まずはキッシュの皮、まわりのパイ生地から彼女が作るのを見て、いきなり目からウロコが落ちた。用意した小麦粉に、なんと、やわらかいバターをぶちこんで、指でモニョモニョと混ぜている。それまで私が学んできたパイ系の生地の基本は、きんきんに冷やした硬いバターの固まりを、切り込むように粉に混ぜて作るというのが常識だった（バターが粉の中で固まりで残っていた方が、高温で一気に焼けばそこだけ溶けて層ができ、サクサク感が生まれるという仕組み）。バターが粉の中で溶けないよう、とにかく手早くやる、と常に注意をうながされるから、神経を使う作業なのだが。

「いいの？　バターやわらかくて？　いいの？　ホント？」

動揺する私を尻目に、バターを食べている歴史は日本人なんかとは比べ物にならないフランス人の血を持つクミは、堂々とそれを練っている。甘いタルトの皮を作る場合、やわらかいバターに砂糖と小麦粉を混ぜて作ることもあるな、と思い出したけれど、それだって、最後に粉を入れたら手早くサックリとだ。どちらの手順とも違うし、とても簡単だし、なにより神経使ってないし。これまた神話がくつがえされた。

バターは、溶けちゃってもいいんです！

慌てずのんびり粉とバターをあわせ、そこに卵黄と水を加え、軽く練って生地をまとめ、冷蔵庫に入れてしばらく休ませる。この生地をクミは「パスタ」と呼んだ。なるほどパイ生地じゃなくて、パスタなのか！　と、また目をパチクリすることに。そして生地を冷やしている間に、中身を作る。まずは玉ねぎを炒め、さらに長ねぎを加えてよく炒める。それを手伝った私は、「こんな感じ？」と、けっこう炒まったものを見せると、「もうちょっと」とクミに言われた。

興味深いことに、ロズリーヌ、ソフィー、クミの全員から、共通して時間をかけて野菜を「よく炒める」ことを教わった。カレーだけは趣味で料理する男子が、よく玉ねぎは飴色になるまで炒める、と熱く語るけれど、毎日食事を作っている者にしてみたら、いちいちそれをやっていたら大変だ。どうしても、そこを短縮してしまいがちなのだけれど、本場フランスの彼女たちが、他はかなりテキトーでも、そこだけ手を抜かないのを見れば、どれだけ大事なところであるかが逆にわかる。

しばらく冷蔵庫で休ませた「パスタ」は、思ったよりやわらかく、簡単に麺棒で薄くのばせて、ここもストレスがなかった。それをパイ皿かタルト型に敷いたら、底に炒めたねぎ類を入れて、上にスライスしたトマトを並べる。全卵、生クリーム、あればプロヴァンスのハーブ（ローズマリー、タイム、セージなどのミックスハーブ。日本でも売ってる）、塩、コショウを混ぜあわせた卵液を流しこみ、チーズをのせて、最後にナツメグをふり、オーブンで焼くだけ。熱々を食べても、味が落ち着いた翌日食べても、美味しい。デパ地下で買うキッシュ一切れの値段で、一ホール作れてしまう。凝った味ではないけれど、フランスの田舎とは、このように爽やかで豊かな感じなのかなと想像が広がる一品だ。教わってからは何度も作り、うちに来るお客さんは飽きるほどそれを食べているはず。中身は、ほうれん草やキノコにしてもいいし、ハムを入れればキッシュ・ロレーヌになる。

でも、同じレシピでも、クミに教わってなかったらここまで定番にならなかったのでは？と思う。というのも、それを作ってもらったとき、急だったこともあって用意できた材料は、本当に家にあったものと、最寄りの店で買ってきたお安い溶けるチーズと純正でもない生クリームだったのだ。フランスのものと比べたら、お話にならないクオリティーだ。けれどクミは、まったく問題ないというように、それらを使って上手にキッシュを完成させて、自分でも食べてみて、美味しくできた！　と喜んでいた。そんな彼女の笑顔を見れば、ハードルはぐんと低くなり、手に入るものでまた作ってみようという気になる。もちろん、いい材料が手に入るならそれに越したことはないし、味も大きく変わるけれども、フットワークが軽くなるというのも大事なことだ。

色々な国や場所で、そこの人の視点で働いていることが、臨機応変という、素敵な能力を生みだすのかもしれない。見習うべき逞しさのようなものを、キッシュのレシピと一緒に教えてもらった。でも、しつこく言っておくが、「よく炒める」というポイントだけは、けしてはぶいてはいけない。これが本当に、どれだけ炒めたかで、キッシュやトマトソースを食べた人の感想が、けっこう変わるのだ！　おさえどころというものは本当にあるんだなと、この歳で実感した。

おさえどころが上手い、というのがフランス人の特長だなと、だんだんわかってくるわけだけれど、自分が普段感じているプレッシャー（ドレッシングはよく混ぜなきゃとか）が、本当におさえるべきところなのか、一度見直す必要があるかもしれない。そこから解放されると意外と楽になれるのでは。

ソフィーの方は最近、南仏に引っ越した。夫の転職が理由だけれど、パリで起きたテロが本当の理由だと思う。セレブな街に買ったアパルトマンを引き払い、なんの未練もなくパリを出て行った。自然しかない田舎に移って大丈夫かな？　と思ったけれど、彼女も臨機応変に土地のものを楽しんでいるようで、クリスマスなどにはマルセイユのお菓子などを送ってきてくれる。南の太陽の下で、王子様たちも逞しくなってきたのか、子育ても前よりは神経質な感じがしない。環境に合わせて、おさえどころも変わったのだろう。今度会ったとき、南仏の料理を教わるのが楽しみだ。

ある美しい結婚

フランスのことを想うと、最初に浮かぶのは叔父の家の美しい庭だ。家の敷地と同じぐらいの広い庭があり、天気がよければランチをいただく場所にもなる。庭に半円に突き出したサンルームは後から付けたしたもので、私が子供の頃に来たときにはなかった。フランスとアフリカで仕事をしたのち退職して、日本に帰る気などさらさらない叔父は、日中のほとんどを、口を半開きにして、そこでうたた寝している。ときどき叔母のロズリーヌがやってきて、フランス語で二言三言、なにか叔父に言う。すると寝ていた彼はガバッと起きあがり、慌てて芝刈りなど、庭の手入れを始める。どこで結婚しても、夫の立場というものはあまり変わらないようだ。

芝生や花壇などの世話は叔父の担当。逆側の庭の三分の一を占めている自家菜園の方は、叔母が寒い日も暑い日もまめに面倒を見ている。そこでは野菜やハーブ、果物が作られていて、叔母が収穫して、調理して、週末に来る娘や孫や、日本から来た私たちを喜ばす一番のごちそうになる。私が訪れた時期は冬の終わりから初夏にかけてだったけれども、けっこうな収穫があった。到着してすぐ、ソフィーの家で日本では見ない“Mâches”という肉厚のつまみ菜みたいなものを食べて、美味しくてはまってしまい、自らスーパーで買ってきて山盛り食べていたのだけれど、叔父の家に来たら、叔母の菜園でもそれが作られていた。もちろん小さな畑だから、食卓に出される量は山盛りではない。が、虫食いのあるそれを食べてみたらあまりに味が濃くて驚いた。二つ三つしか食べられなくても、こっちの方がいい。料理ばかりでなく、叔母は野菜を作るのも上手なようだ。こんな立派な菜園家になっているとは知らなかったので、来るまで謎だった叔母のリクエストにようやく納得した。

日本のもので欲しいものはありますか？　と渡仏する前にメールで聞いたところ、「梅干し」と「枝豆の種」が欲しいと返ってきた。梅干しは定番だけれど、枝豆の種？　土いじりとは無縁の私にはピンとこなかったが、ネットで探したところちゃんと自家菜園用の種が売られていて、さらに鉢付きの「ベランダで作れる枝豆栽培セット」なるものも見つけ、念のためそれも購入。届いたものを見ると枝豆の種とは予想どおり、干涸(ひから)びた枝豆だった。叔母は大変喜んでそれらを受け取った。もう何十年も日本に来ていないのに、枝豆の美味しさをおぼえているところが彼女らしい。私がフランスの野菜に夢中になるのと同じかもしれないが、それを自分で育ててみようとするところが、さすが。

実は、これには前例があり、過去に叔父が日本に帰国したときも、ロズリーヌからのリク

エストがあると言って、

「フランスには山椒がないから、苗を分けて欲しい」

と母に頼んでいた。我が家の庭に山椒の木があることをロズリーヌがおぼえていたことに、母はいたく感動して、素敵なリクエストに応えようと、山椒の木から根を分けて、枯れないように丁寧にそれを梱包し始めた。けれど、それをよこで見ていた私の兄が、

「苗は持ち込み禁止だよ」

と一般常識を教えて、そうだった！　と母と叔父は今さら気づいた。私はそれ以前に、包まれた山椒の木が、どう見ても「ヤバい草」にしか見えなかったので、空港で見つかった日には没収ぐらいじゃすまされなかっただろうと思った。ロズリーヌと母の想いが、もう少しで叔父を前科者にするところだった。

しかし山椒といい、枝豆といい、いいところをついてくる。フランス人は、アメリカ人やイギリス人、ドイツ人に比べて（私の知っている範囲だけれど）、食に関してはとくに柔軟な感じがする。感性で受け入れ、あまり頭でっかちではない。最近、私が気に入ってる「ほうじ茶」があって、少しお高いけど香りが格段にいいそれをソフィーにお土産であげたときも、それを感じた。受け取ったときの彼女の反応は、ただ「メルシー」ぐらいだった。ルーツはラテン系といわれるフランス人は、袋の文字を読もうとしたり、どこのお茶？　どうや

って淹れるの？　などと知識や情報を得ようとはしない。そのままキッチンに放置されていたが、私たちが帰る日に、最後のお茶の時間だからと思い立って彼女はそれを開けることにしたようだった。袋の封を切って、香りを嗅いだ瞬間、ソフィーの動きが止まった。彼女はパッと顔を輝かせ、

「わーっ、いい香り！」

目を大きくして私を見た。袋を開けただけで違いがわかるのも、すごい。感覚が冴えているのだ。

叔母も同様に勘がいいから、ピンときたお土産は、速やかにキッチンの棚の奥に隠してしまう。たぶん、叔父にいいかげんに食べられてしまわないように。日本の味もすっかり忘れ、「こんな味だったっけか？」とありがたみもなく言ってくる叔父より、私もむしろ味がわかるロズリーヌに、考えぬいて買ってきたお土産は食べて欲しい。

頭でっかちでないぶん、美味しければ、どこの国のものでも受け入れる。その歴史も古い。最近は、日本も各国の料理を食べるようになったけれど、子供のときフランスで、北アフリカの料理だよ、と夕食に「クスクス」を出されたときは、ワニの肉でも入っているのではと、びびったものだ。スパイスとトマトで煮込んだ羊肉のシチューのようなものを粒状のパスタ

にかけて食べる料理で、すでにそれはフランスの家庭料理となっていた。アフリカにしろベトナムにしろ、植民地での暴れっぷりを抜きには、フランスの歴史は語れない。自分たちの言語をその土地に押しつけて、いいものは奪ってきた。日本だってそれをやっていたけれども、欧州人はそれらの収穫を自分たちの食文化にとりこむのが、また上手い。胡椒だってコーヒーだって、バニラだってそうだ。フランス人はさらにそれを進化させていく。でも、日本のように「便利」に進化させるのではなく、独特の感性で「いい感じ」に進化させる。フランスのクスクスも、本場アフリカのそれとは別物。

その開拓精神と、しばられない感性は間違いなく叔母にも引き継がれていると、「収穫」と「美しさ」が両立している庭を見ればわかる。叔母は、屋外に出たときにだけ吸うタバコをくわえて、慣れた手つきで自分の畑の手入れをしている。目を離せばすぐ仕事をさぼる異国から来た男……叔父を、ちらっと横目で監視しながら。ちょっと恐いが、カッコイイ。

フランスで枝豆を育ててみよう、というチャレンジ精神と同じ感覚で、叔母は日本人の叔父と結婚したのかもしれない。よい機会だから、なぜ叔父と結婚したのか、ずっと訊ねてみたかったことを聞いてみることにした。叔母は、このように返した。

「私が住んでいた町に、日本人が二人いました。大野さん（叔父）と、もう一人は金田さん。金田さんは変な人だったから、大野さんにした」

素晴らしい回答に、笑いが止まらなかった。

ロズリーヌは、フランス北東部の田舎町に若い頃まで住んでいて、そこの語学学校に叔父は通っていたらしい。バーかなにかで知りあったようだ。ちなみに二人の結婚式は、地元の新聞に写真付きで取り上げられた。当時は、東洋人と国際結婚だなんて、田舎町では珍しいことだったのだろう。

祖父母の家でその新聞記事の切り抜きを見た記憶はあったが、今回、四十数年前のその記事を改めて叔母に見せてもらった。役場か教会か、結婚を誓った建物から出てきたところで撮られた写真で、叔父は礼服を、ロズリーヌは、祖父母が贈った白地に青の模様が入った可愛らしい日本の着物を着ている。私が知る彼女は、シャープな美しさや、粋な雰囲気を持っていて、それが私の憧れるところなのだが、結婚した当時はさすがにまだ若くて、それが弱い。はっきり言って、めっちゃくちゃカワイイ！　日本に来て売り込んでたら、モデルでも女優でも引く手数多だったと思う。そのよこで、どっから見ても東洋人な、ちょっとムーミン顔の叔父が、やや戸惑い気味の表情で立っている。ホントに大野さんでいいの……？　と思うが、二人は若く、素朴で和やかで、とてもハッピーな絵である。写真の上にある記事の見出しも、今になって解読できた。

“Un beau marriages”（ある美しい結婚）

フランス人が言う「美しさ」とは、なにを指すのだろうか。若い叔母は本当にカワイイが、よく見れば、秘めたる開拓精神がやはりその顔に見え隠れしている。私に言わせれば、やっぱりカッコイイのである。

それから半世紀近くが経った。老いた叔父を見て、山椒や枝豆のように、叔母にとって彼はまだ魅力的なものであるだろうか？　と心配になってしまう。私の母の弟なので、性格もよくわかっているからよけい心配になる。いとこたちと英語で話せるようになってからは、叔父に対する不満なども聞くようになった。日本男児でもある叔父だから、フランスで育った子供たちには理解できないところもあるようだ。しかし叔母からは叔父に対する不満は、あまり聞いたことがない。そもそも叔母は、あまり多くを語らない。しゃべってなんぼのフランス人にしては珍しい。それも、無口な国民性の日本人を選んだ理由かもしれない。

などと考えていると、芝生に水撒きをしていた叔父が、こちらをふり返って話しかけてきた。

「たい子ちゃん、あれ、なんて言ったっけ、ほら、あそこの○×△××○○——」

後半がフランス語になっていることに気づかず叔父はしばらくしゃべっていた。私がぽかんとしていると、あ、ゴメン、と叔父はようやく気づいて、苦笑して日本語で言い直した。叔父も「フランスのクスクス」と同じことになっている。「いい感じ」かはわからないが、もはや日本人でもなく、かといってフランス人でもなく「フランスの日本人」だ。見事に別物になった。古い言い方なら、あなたの色に染まったということ。フランスで鍛えられたと本人も言うが、日本に帰ってくれれば、叔父は親戚の中で誰よりもおしゃべりだ。けれどフランス人ほどではないから、叔母にはちょうどいい相手となったのだろう。叔父がホースを片付けているよこで、ロズリーヌは私の持ってきた「枝豆栽培セット」の鉢に、さっそく枝豆の種を蒔いている。この庭で、枝豆はどんな風に育つのかな、と思った。

ところで「フランスのクスクス」だけれど、子供のときに食べたものからさらに進化していた。以前の記憶では、けっこう時間をかけて作っていたが、今回新たに教わった作り方はとても簡単。クスクスのパスタはフランスから輸入しているものが日本でも売っているので、帰ってきてから何度も作っている。玉ねぎと羊肉を炒め、「クスクススパイス」をからめたら、トマト、人参、ズッキーニ、生のパプリカ、ひよこ豆を加え、赤ワイン少しと水をひたひたに入れて、しばらく煮込むだけ。それをお湯でもどしたパスタにかけていただく。驚いたのは、隠し味にワインがなければ砂糖を使う、と叔母が言ったこと。フランスでは料理に砂糖は使わないと、昔、彼女から教わったけれど、そこでも進化があったようだ。叔母はチキンでやってもいいと言っていたが、フランスの羊肉はとても美味だった。

その羊肉でも、フランス人の感覚というものがわかったエピソードがある。ソフィーの家に滞在しているとき、日本の料理を作ってあげようと思い、肉じゃがを作ることにした。まだ着いたばかりで、フランス語で豚肉をなんと言うかもわからず、豚ロースらしき肉がスーパーで売ってたので、それだと思って買ってきたのだが、できあがった肉じゃがを味見して、初めてそれが羊肉だと気づいた（そのぐらい煮ていても臭みがない）。肉を間違っちゃった、とソフィーに説明していると、夫のニコラがふらりとキッチンに入ってきて、その「羊肉じゃが」をぱくぱくと食べ始めた。美味しいね！　どこに問題があるの？　と彼は言って、おかわりしている。その適応力に、こちらは驚かされた。正しい肉じゃがを知らないからということもあるけれど、羊、じゃがいも、出汁、醬油という、彼にとってはまったく馴染みのない味や、組み合わせでも、そこに味わいや響くものを見つければ、ＯＫ。私も先入観を除いて別物になった「フランス肉じゃが」を食べてみたが、美味しかった。

自分の国を愛する気持ちは強いが、無意味にこだわることをしない彼らは、感性に導かれるままによさそうなものはどんどん受け入れていく。叔母にとって叔父も、その一つだったかもしれない。とはいえ叔父はクスクスほどフランスという国に貢献できてはいないと思うので、代わりと言ってはなんだけれど、私から「圧力釜で米を炊く」という役立つ情報を、今回はフランスの皆さんに提供した。叔母のキッチンにも立派な圧力釜があり「ココットミニッツ」と呼ばれていたが、それを使えば4分で白米がふっくら炊けるよ、とやってみせたら、叔母は目を見開いて、感嘆の声をもらした。それからというもの、隣人や友人、誰彼かまわず叔母は、

「聞いて、ココットミニッツを使えば、お米が4分で炊けるの！」

と広めまくっていた。米を食べるわりには、リゾットのようにしか食べていないので、皆も興味をしめしていた。ブームは続いているようで、最近、親族の葬儀で来日した叔父は私の顔を見るなり、ロズリーヌが自分に米を炊かせてくれないと、ぼやいた。

「きっちり4分を守らないと、怒るんだよ。おれがちょっとでも長く炊いてると、『ノン、4分っ！』って怒る」

さすがロズリーヌ、わかってるな、と私はうなずいた。でも、私がフランスに持ち込んだもう一つの物は、うまく根付かなかったようだ。例の枝豆だ。日本に戻ってしばらくして、叔母から写真付きのメールが届いた。

「これは枝豆の木ではないですね？？？」

という言葉が添えられた写真を見ると、枝豆栽培セットの鉢から巨大な草が空に向かって生えていて、ハスのような葉を四方に広げている。これは……違う。念のため製造元に問い合わせ、写真を見てもらったところ、やはり枝豆ではないと返ってきた。

「鉢を外に置かれているようなので、おそらく種は鳥が食べてしまって、違う種がそこで育ってしまったと思われます」

と、親切にリトライする新しい種も送られてきた。フランスに転送したけれど、枝豆がフランスで別物になるには、もう少し時間がかかりそう。

まあ大丈夫でしょう、山椒も根付いていたことだし。叔父の家のサンルームにあった、山椒の木の大きな鉢植えを、私は思い出していた。そう、見つけてしまったのだ、それを。あのとき諦めて捨てたはずの山椒の木だとは、あえて思わないようにした。叔母が電話で、

「ノン、捨てないで！　税関で捕まってもいいから、持って帰って来なさい！」

叔父に指示したのかもしれないが……それも想像にすぎない。

ロズリーヌからの贈りもの

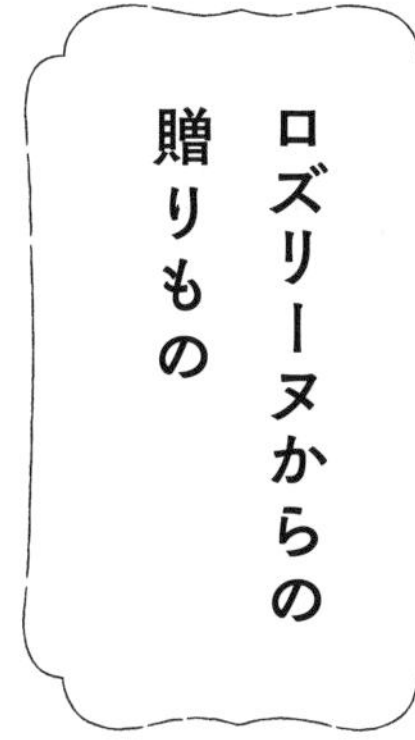

今年の誕生日は、サプライズの一言につきるアニヴェセール（誕生日）だった。四十うん歳を迎えたその朝、矢で射られるような激痛で目覚め、なんだ、なんだ？　と見れば左半身に発疹が。帯状疱疹というやつで、抵抗力の落ちた老人がよくかかる。「もういい歳だね、おめでとう！」と神様が誕生日にわざわざウイルスをプレゼントしてくれたようだ。

しかたがないので薬を飲んでふて寝していたら、今度は本当に神様の降臨かと思うような天気になってきて、すさまじい落雷があり、観ていたテレビ画面がバツン！　と真っ黒に。なんか罰あたりなことでもしたか？　と思っていると、お次はピンポーンと鳴って、「お荷物でーす」と玄関前で叫んでいる。這うようにして出て行くと、空輪便です、と大きな箱を渡された。差出人は、ロズリーヌだった。

この荷物がどのようなものだったかを話す前に、語っておきたいことがある。私の誕生日は八月の半ば過ぎで、ロズリーヌの誕生日も、そのだいたい一ヶ月前、七月の旧盆のあたり。ソフィーの誕生日も、叔母と二日違いでおぼえやすいので、毎年忘れずに二人にカードを送もちろん今年も送るつもりだったが、最近はこのエッセイを書くために、頻繁にロズリーヌとメールでやりとりしていて、フランスでいただいた料理やお菓子のレシピを聞いたり、確認のために詳細を何度も訊ねたりして、けっこうお世話になっている。なので、カードだけというのもなんなので、心ばかりのプレゼントを贈ることにした。

しかし、相手がセンスがいいとなると、贈りものというのは難しい。ましてや相手はフランス人。クリスマスにも、叔父の家とソフィーの家に、日本の物を詰めてプレゼントを送るのが習慣だけれど、これが毎回、頭を悩ます。「なにを贈るかではなく、気持ちが大事」なんて言うけれども、誰もが、いただいたプレゼントや、旅行のお土産などを見て、送り主のセンスというものを多少は測っているんじゃないだろうか。そういった点でも、フランスからはやはりなかなかのものが送られてくる。私のジャッジではピカイチだ。

最近は、ソフィーから色々と送られてくることが多いけれど、彼女もロズリーヌに似て、大胆なところがある（ある部分では、叔母に勝っているかも）。普通は、荷物が旅する間の環境や時間を考慮して、ダメージを受けずに「送れるもの」をまず考えてしまうものだ。でもソフィーは、そんなことはなにも考えずに純粋に「送ってあげたいもの」を、送ってくれる。日本のものでたとえれば、

「このたい焼き、すっごくおいしい！　送ってあーげよ」

という感じだ。賞味期限など考えず、近所のお店で買って簡易な紙袋にただつっこんであるそのまんまを、送ってくれる（やはりジップロックなどは使わない）。でもそれが多少ダメージを受けていてもフレッシュで、美味しいのだ。小さなオレンジのような柑橘類に飴がけしたものとか、マルセイユ名物の香りが強烈な細長いビスケットとか、ダメージが多少あっても、異国の土地の見たこともないものが、そこの空気と一緒に届く。箱がビニールでパッキングされていて緩衝材のため中身もほんの少しだが翌年まで持つ菓子の詰め合わせ……みたいなものは一度も送られてきたことがない。ソフィーの家に滞在していたとき、私が惚れ込んだチョコレート店の「生チョコ」も、何度も送ってくれた。もちろんクール便でもないし、天地無用おかまいなしに運ばれてきてカカオパウダーが箱の中で大暴れしていたけれど、問題なく美味しかったし、なによりも嬉しかった。

「たい子が好きだったから」

というシンプルな気持ちだけで送ってくれる。おさえるべきはそこだ。シンプルだからこそ、不味いものが紛れ込む余地はないのだ。私なんかは、日持ちしそうだから、ラッピングがかわいいから、とつい欲張って、結果そこまで美味しくないものを選んでしまったりする。とにかくソフィーは美味しさでは絶対にはずさないから、フランスから送られてくるものはなんでも美味しいと、つい勘違いしてしまう。

目にしたことがある人もいるかもしれないけれど、有名なフランス菓子の一つに、カリソン（Calisson）という、アーモンドと砂糖漬けメロンを練った生地に砂糖衣をかけた、葉っぱのような菱形をした菓子がある。ソフィーはいつもそれを二箱送ってくれるが、実家のぶんもがめてしまうぐらい、私はそれが大好きだ。箱も同じ菱形で、藤色の紙とリボンで芸術的に包まれたそれが届くと、胸がときめく。なんとも美しくゴージャスなラッピングだけれど、やはり紙のみで、ビニールなどには包まれていない。でも風味を失っていることもなく、ナッツとフルーツの洗練された香りがするカリソンは最高！　と一人で抱えて食べながら思う。

ところがだ。今年の春、親戚に不幸があって、叔父が急遽来日した。

「さすがにお土産を買う時間がなくて、これだけでゴメンね」

と叔父が差し出したのは、カリソン。これだけで充分です！　と私は喜んでいただいた。が、よく見ると菱形の箱ではあるが、薄いビニールでパッキングされている。ちょっと、嫌な予感。まあ、でもフランスのものだから、と一口食べてみたところ……。

「久しぶりにフランスから来たもので美味しくないもの食べた」

と驚きつつ、これは叔父にセンスがないからだ、と思った。それとなくどこで買ったか聞いてみたところ、実は夫婦でロズリーヌの実家に行く予定で、お土産に買ったものだという。

訃報が入り日本に来ることになり、そのままそれを持ってきたらしい。そうか、日本にはとりわけ美味しいカリソンを（おそらくお高いやつを）選んで送ってくれているのだなと改めて知り、ありがたく思った。しかし、ロズリーヌの実家に持っていくカリソンは、これでいいのだろうか？

そのように、いつもはずさないものを送ってくれるから、こちらから送る場合も、プレッシャーを感じてしまう。私の母などは、相手は味がわかるから高級なものを送るのが無難だと言う。けれど、ロズリーヌやソフィーは、べつに高級志向というわけではないから、高級そう、ということだけでは喜ばない。実際、今回フランスに行ったとき、ソフィーの夫、ニコラが知り合いの日本人からもらった「抹茶キットカット」を持って帰ってきて、夫婦して、これうまい！　と大好評だった。えっ、それでいいの？　とこちらはガクッときた。

ロズリーヌはさらに自分のものに贅沢はしない人だから、あまり豪華すぎるものを贈ると恐縮されてしまう。あまり大きな包みを送るのも、避けた方がいいような気がする。誕生日カードよりちょっと大きいぐらいで……と思いながら、毎週一回、仕事で両国に通っている私は、とりあえず和風のカードを手に入れようと江戸東京博物館のミュージアムショップに入った。

ここが予想以上にいいものがそろっていた。色々と見てまわっていたら、あっ、これを送ろう、とプレゼントまで決まってしまった。それは矢絣（やがすり）や麻の葉など、日本の伝統文様の柄のガーゼ生地のスカーフ。高級品ではないけれど、むしろその軽さがいいかなと思った。庭仕事をするときに手ぬぐいがわりにかけられるぐらい薄く、気にせず洗濯もできそう。何種類かある柄の中から、あえて花柄のロマンチックなものを選んだ。不思議なもので、シンプルで「粋」な日本の物を向こうに持っていくと、意外とパッとしないことがある。ヨーロッパの空気に勝つには、華美なぐらいがよかったりする。シャープな雰囲気の叔母が使うと、それが違う印象になるような気もした。

あとはデパ地下で見つけた老舗の葛湯に「あんこ味」と「抹茶味」があったので、ロズリーヌはおしるこが好きだから、似た味が楽しめるかなと、スカーフと一緒にそれも包むと、ちょうどいいサイズの小包になった。今年はフランスも寒かったり暑かったりとメールにあったから「畑に行くとき日よけに首に巻いてね。葛湯はお腹壊したときに食べますが、冷やして食べるとおいしいです」とメッセージを添えて。

バカンスの時期だったので（郵便が遅れる）早めに発送したところ、誕生日の二日前に荷物は着いてしまったようだった。ロズリーヌからメールが来た。

「今、郵便配達の人が来て、去ったところ……あなたからの包みを持ってきたの！　あなたはすてき。なんてきれいなスカーフ（もう古いやつは、捨てちゃう！）。千回ありがとうを。

明日はセーヌのほとりの友人の家に、火曜は森にピクニックに行って、年代もののシャンパンを飲みます。あなたのことを考えながら、それを巻いていく。大きなキスを」

なかなかフランス語を日本語にするのは難しいのだけど、とても喜んでくれているのが伝わってきた。「**すてき**」のところは、ADORABLEと大文字を使って強調してあり、ロズリーヌにセンスあるチョイスよ、と認めてもらえたようでホッとした。これからも引き続きお菓子のレシピなどをしつこくロズリーヌに訊ねることになるから、お礼が伝えられてよかったなぁ、と一段落した私だった。

とはいえ、ここまでロズリーヌが喜んでくれると、一ヶ月後の私の誕生日になにかがあるような気は、ちょっとしていた。彼女はフランス人にしては「しゃべるより、行動」の人だから。もちろん、なにもないこともある。フランス人だから、それは読めない。どちらにしろ誕生日の当日は、帯状疱疹や雷で私はそんなことはすっかり忘れていた。だから、靴の箱よりひとまわり大きいぐらいの荷物が叔母から届いてびっくりした。半身を強烈な痛みに襲われていて、それを居間に持ってくるだけで大変だったけれど、師匠から送られてきたものを、すぐに開けないではいられない。頑丈に閉じられた梱包をどうにかこじ開けると、出てきたものは――。

大きな本が一冊、オーブンミトンが二つ、コーヒー豆が二袋、ハーブが入った袋、額に入った刺繍、布製のバッグ。計八点だった。私は一つ一つを取り出して、これはなんだ？ と興奮して見たが、痛い横っ腹をおさえて、大笑いしてしまった。なぜなら、その大判の分厚い本のタイトルが……。

『お菓子　タルトとケーキなど　レシピ80』

もう、いちいち教えるの面倒だから、あとはこれを読んでっ！ というロズリーヌからのメッセージが、その一冊にこめられている。ごめんなさい、と私は本に頭を下げた。副題に『グルメな料理を、簡単に実現』とあり、これまたロズリーヌらしい。笑いながら本をとりあえず置いて、他のものを見た。「本を見て、頑張って作ってね」という感じでペアのオーブンミトン。「できあがったお菓子はコーヒーと一緒にどうぞ」というように、コーヒー豆。叔母の家で飲んだ銘柄とは違うけど、気にしない。乾燥したハーブが入った紙袋に、乱筆でなにか書いてあるが、それは後からゆっくり解読することにした。

そして、なんだかよくわからないが、かわいい小鳥と美しい文字の刺繍が額に入っている、壁飾りのようなもの。その文字を見れば……英語？　裏を返したら、やはりイギリス製とある。その刺繍の文字はこう言っている。

“When life gets you down BAKE CAKE”

「人生で落ち込んだときは、ケーキを焼け」と。なかなかの名言だ。私も現実逃避したいときや、仕事が進まないときにかぎって、ケーキを焼いたりパンを焼いたりする。目に見える成果が短時間で得られ、美味しいものが焼きあがると、私ってすごい！　と自信を取り戻せるのだ。

でもこれは確かにイギリス人、アングロサクソン的発想な気がする。フランス人なら「落ち込んだときは、ケーキを食え」か「ケーキについてしゃべれ」でしょう。もしくは「落ち込んだときにケーキ焼いてる自分って、ちょっとよくない？」か。なぜこんなものがフランスで売られているのかわからないが（というか誰も買わないと思う）、叔母のことだから私へのプレゼントを買いに行き、キッチン用品の店でミトンのよこにあったこれを見て、「あら、面白い」とカゴにポンと入れた姿が目に浮かぶ。さらに意味不明の子供用みたいなバッグまで入ってて、とりあえず、全てをまとめてそれに入れた。

箱を開けただけでかなり体力を消耗した私は、ベッドで少し休憩しながら、乾燥ハーブが入っている袋に書かれている乱筆文字を解読した。フランス語でも英語でもない、ONSENという文字があり、また混乱した。『レモンバーベナ。温泉でリラックス』と書いてあるようで、お風呂に入れるハーブらしい。あの人気のロクシタンのクリームと同じ香りだ。でも生の葉を乾燥させたそれは、より爽やかで残り香は甘く、袋に鼻をつっこんでずっとスーハーしていたくなる……フランスの匂いだ。

すぐにロズリーヌにお礼のメールを送った。わらしべ長者の話を書いて「私の小さな贈りものが、宝の山になってもどってきた」と綴った。そして帯状疱疹にかかっていて、お風呂で温まると痛みがやわらぐので、絶妙なタイミングでハーブをもらった、と。するとすぐにロズリーヌから返信が来た。

「わらしべ長者の話は知ってます。でも、現実の世界では起きません。そして、帯状疱疹は、すっごい痛いです！」

とあった。師匠のキレのある筆に、物を書くことを生業としている私は、また敗北感を抱くのだった。

テレビも雷で壊れたままだったので、病で伏せっている間、『お菓子』の本はいい退屈しのぎになった。写真もやたら地味で、あまり現代性が感じられないその本に、古典的なフランス菓子の本は日本にもあるんだけどな、私が知りたいのはロズリーヌが作る家庭のお菓子なんだけど……と最初はながめていたが、読み進めるうちに、いや、この本けっこういいかも！　と考えなおした。ロズリーヌやソフィーたちから教わったような、目からウロコのテクニックや手順が、地味な写真に隠れてちりばめられている。読みこめばフランスの味が「簡単に実現」できるかも。やっぱりはずさないな、と感嘆のため息をついて本を閉じる私は、ロズリーヌから来た返信にあった最後の文章を思い出し、また痛い腹をおさえて笑った。

「ところで、あなたの誕生日は何日？　詳しく知りたい」

掃除をしすぎると、
怒ります

フランスのキッチンで、叔母ロズリーヌに教わった料理やお菓子を紹介してきたが、メールで何度も詳細を彼女に確認していたら、誕生日に『お菓子　タルトとケーキなど　レシピ80』というタイトルの分厚いレシピ本がドーンとフランスから送られてきた。これは暗黙に「もう私に聞かないで、自分で勉強しなさい！」と言っているのだ、と解釈した。でも相手は、気分次第のフランス人。ほとぼりが冷めるまで、キッチンから少し離れて、他のライフスタイルに目を向けて、気づいたことを書いてみようと思う。

叔母の家のキッチンの裏口を出ると、そこはガレージにつながっていて、貯蔵室があり、ランドリーがあり、洗濯物を干す裏庭にも続いている。洗濯で思い出すのは、子供のとき、叔父の一家が夏休みにうちに滞在していて、洗濯をしていた叔母が、洗濯物をバンバン！と叩いていた光景だ。キッチンのテーブルに洗い上がった厚手のアウターのような服を広げて、彼女は手のひらで叩いてのばし始めたのだ。私と母はびっくりして見ていたが、叔母は「このまま、少しここに置きます。いいですか？」と母に訊ねて、母は「かまわないけれど、日本は湿気があるから、そこでは乾かないと思う」と返していた。フランスはあれで乾くのだから、乾燥しているのねぇ、いいわね、と母はうらやましそうに言っていたが、私はバンバン！　と叩き続ける叔母を見て、外国の人の洗濯って恐っ、と思った。

大人になってフランスに来て、その洗濯の本当の意味がわかったような気がした。簡単に言うと、アイロンをかけないのだ。実際アイロンを貸してもらったら、あまり使っていないようで、スチームボタンを押したら石灰の固まり（水にそれが含まれている）が、ブシュッと飛び出してきた。もちろんフランス人がアイロンをかけない、ということではなく、これは叔母だけのこととして話した方がいいと思うけれど。でもアイロンをかけている様子がないのに、叔母の服や家のものを見ても、シワシワだなぁと感じることはない。一つ思ったのは、しっかりした生地であれば、バンバン叩いたり引っ張ったりするだけで、アイロンをかけなくてもすんでしまうのではないだろうか、ということだ。今回の旅行で布団カバーを叔母からゆずってもらったのだが（その経緯は後の章で）、それも厚手のすごくしっかりした木綿生地で、アイロンをかけなくても、のばして干して、畳んでおくだけでピンとなる。叔母の普段のファッションもカジュアルで、男性っぽいパンツスタイルが多いから、アイロンをかける必要があるものはあまり着ないのだろう。とはいえTシャツなんかはけっこう薄手のよれっとしているものも着ている。なのに、だらしなく見えないから不思議ではある。

さらに大胆さでは母親に勝るソフィーの家でも、私はびっくりすることになる。

「ソフィーは、シワものばさない……」

これでいいの？　と乾燥ワカメのようになっている洗濯物を見て思った。ほぼランドリーから出したままの形で干してある。物干にポンとかけただけの洗濯物を見て、私は一時期流行ったアメリカのドラマ『セックス・アンド・ザ・シティー』のワンシーンを思い出した。主人公のキャリーが、携帯電話を肩にはさんで友人と話しながら、バスルームでブラジャーを手洗いしているシーンなのだが、水がしたたるような状態で形もととのえず、洗濯紐にポンとひっかけて、終わりなのだ。ドラマなので演出も入っていると思うが、水を絞ろうが絞るまいが、欧米ではそんな干し方でいいらしい。

乾燥ワカメな洗濯物を見てから気になって、ソフィーや子供たちの服を、失礼ながらまじまじと見てみた。あの昆布にしか見えなかったスリムパンツは、ソフィーがはいた瞬間、そのすらりとした足にピッタリとフィットして、なんの問題もなく上手に着こなされている。よく見ればシワはあるが、全体で見れば気にならない。子供たちもピシッとしている。なぜだろう？　とまた不思議に思って首をかしげた。

面白いことに、パートナーのN君もシワではないが似たようなことに注目していたようだった。

「フランスの人は、毛玉を気にしないんだね」

街を歩いているときに彼が呟いた。道行く人のセーターがみんな毛玉だらけだという。そう言われれば……。でも服のシワと一緒で、あまり気にはならなかった。なぜ気にならないか、という疑問はちょっと置いといて、「日本人はきれいだ」と外国の人に言われる理由がこのときわかった気がした。確かに外国で、こぎれいな人がいるな、と思うと日本人だったりする。きれいとは「クリーン」という意味なんだな、と。

最先端のファッションや、おしゃれなものであふれている場所というのが、皆が持つパリのイメージ。それに憧れて来た日本の女子が、現実のフランスを見てちょっと驚くという話は、よく聞く。思い描いていたのと違って、帰ってしまう人もいるとか。そんな話を聞いて覚悟していたからか、思ったほど汚いとは私は感じなかった。子供のときの記憶では、パリ＝犬の糞、という印象だったから、よくなった方だ。でも、ドイツや北欧に比べれば、色々な面で「おおざっぱ」なところがある。細かいところが気になってしまう人には、それがストレスになってしまうかもしれない。

そもそも、最先端のファッションや、おろしたてのピンピンの服を身につけている人は、パリの限られたところでしか見ないし、街行く人を見ていても、いたって地味な色合いだ。でも、地味なんだけれど、カッコイイ。ここが重要なところだ。バッグなども、あれだけブティックで売ってるくせに、皆、使い古しの擦り切れてるようなものを持っている。なのに、それを見て私は、素敵なバッグだな、いいサックだな、あんなのが欲しいな、と思っている。それは、トータルで見てマッチしているもの、自分に似合うものを選んでいるからじゃないだろうか。

その人のスタイルというものが完成されていると、素敵だなぁ、と一枚の絵を鑑賞するように一歩下がって「退きの視点」で見ることになる。だから、虫眼鏡でシワや毛玉を探すようなことはしないし、詳細はあまり気にならない。逆に、全てがバラバラで方向性がないと、一つ一つが拡大されて目に入ってしまう。大袈裟に言えば、パリという完成された風景の中では、犬の糞ですら溶け込んで美しく見えるのだ。大事にされているのは「全体」から生まれる美しさ。シワや毛玉や汚れより、大切にすべきは、自分のスタイルを作りあげることなのだろう。

なんだかフランスは清潔でない、と言っているみたいになってきたので、少し訂正をさせてもらう。清潔にはしているけれども、それもやり方が日本とは違うのだ。

ソフィーの家には、週に一度、お掃除のおばさんが来る。家中の掃除をしてくれるけど、掃除機ではなく、外国の絵本に出てくるような大きなモップで、フローリングでも、タイルでも水拭きをする。いつの時代だ？　と思うけれど、掃除している建物からして、いつの時代だ？　の世界だし。モップもあまり絞らず、床上浸水かと思うぐらい、ビショビショにして掃除する。でも、お掃除のおばさん（顔も絵本に出てくる魔女っぽい）は焦らず、慌てず、部屋を順に掃除していく。そして彼女が帰る頃には、床はすっかり乾いている。あんなのんびりした掃除でいいのかなと思うが、掃除の前と後では、気のせいではなく部屋の空気の感じが明らかに違う。清々しく、これは掃除機の掃除にはないものだ。そして、来週また彼女が来るまでは、よほどのことがなければ掃除機などは（一応あるけど）かけない。馬の毛のハンディなブラシが付いたちりとりで、パンくずや目立つゴミを拾うぐらいだ。

ちなみにソフィーの家では、日本のように、玄関で外から履いてきた靴は脱ぐことにしている。室内ばきに履き替えているが、裸足でも歩いている。でも、出たり入ったりが多いときなどは、土足のままだし、お客さんも普通に土足で居間まで入ってきて、ソファーで靴の裏を見せて足を組んでいる。クリーンにしておきたいのか、そうでないのかわからないが、フランスで暮らしていると次第にこちらもそれに適応してきて、一週間掃除してない床を裸足で歩いても気にならなくなってくる。逆になんで日本ではあんなにまめに掃除機をかけていたのだろう？　と思えてくる。

でも世の中には、習慣を守り続けるタイプの人がいる。N君は、ソフィーの家の掃除にびっくりしながらも、私たちが貸してもらっている部屋が汚れてくると、日本にいるときのように自らまめに掃除をしていた。アレルギーだからというのもあるのだけど、N君の実家は、突然訪ねても塵一つ、髪の毛一本、落ちていないことで有名だ。頻繁に掃除機を借りるから、ソフィーもそのことが気になり始めたようだった。

「掃除の人が来るから、大丈夫です」

ソフィーがN君に日本語で、掃除をするな、と何度か言っているのを私も耳にしていた。N君は、ちょっと汚しちゃったから、ここだけ、などと言ってごまかしている。でも性分だから、また気づくと掃除機を出してきて、廊下にもちょっとゴミがあるから、と私たちの部屋の外までこそこそと掃除機をかけていた（変なお客……）。

そして、日本に帰る日。私たちは朝から、貸してもらった部屋を元どおりに片付け、シーツや布団カバーをはずしてランドリーで洗い、N君は、最後の掃除を掃除機で始めた。そこにソフィーが、私たちにお土産を渡そうとたくさんの包みを抱えてやってきた。彼女は部屋の入口でピタリと立ち止まり、N君が荷造りでもなく、ベッドの下を掃除しているのを見て、あきれたように口を開けた。

「おしまいには、怒ります！」

おもいっきり日本語でソフィーに怒られてしまった。帰りの飛行機の中でN君はそれを思

い出しては、

「フランスは、掃除しちゃいけないんだな」

と笑っていたが、ようやくわかったようだった。

部屋をきれいに掃除して返すことも大事だけれど、最後の日なんだから、それよりも大事にすることが他にあるよね。私もちょっと反省して、日本に帰ってきてからもしばらくはフランス方式を続け、あまり掃除をしない大らかな生活を送っていた。けれど、数ヶ月で、またちょこちょこ掃除をしたり、セーターの毛玉が気になってとるような日常に、気づけばもどっていた。フランスのようにいかないのは、物理的に空間の広さが違うからということもある。島国でコンパクトに暮らす日本では、家でも街でも、あまり「退きの視点」にはなれないのだ。しかたないけれど、トータルでものを見ることや、なにが大切か一度立ち止まって考えることは、忘れないようにしたい。

「退きの視点」から、もう一つ気がついたことがある。それはメリハリをつけるということ。たとえば、私たちが訪ねたのは、ソフィーの家族がそこに引っ越して、まだ二ヶ月ぐらいしか経っていない頃だった。まだ整理できていないのか、本棚なんかもぐちゃぐちゃで、キッチンなども、道具や食器が収納に秩序なくつっこまれていた。けれど、ソフィーも家族も普通に暮らしていて、まったく困っている様子も、片付ける気配もないから、きっとこれが完成形で、普段からこんなカオス状態なんだなと思っていた。ところが週末に叔父の家に泊まって帰ってきたら、家の中が見違えるように変わっていた。

なにもなかった壁には飾り棚ができていて（もちろんＤＩＹ）、私たちがお土産に持っていった和食器なんかが飾られている。流しの下の収納も、使いやすく、絵的にもかわいく、籐カゴや木の調理道具が配置されて、開けっ放しでもいいぐらいの仕上がりに。私たちが借りている部屋のシャワールームは、タオルやカーテンやキャンドルが新しく置かれて、まるでホテルのようになっていた。居間も本棚がすっきりと整理されただけで、演出上手なだけに雰囲気がうまれて、美術さんの仕事かと思うほど。週末だけでこれ全部やったの？　と思わず聞いた。

「本当は二人が来る前に、やりたかったんだけど」

とソフィーは明るく言う。やるときは一気にやってしまうパワーがある。けれど、無理はしない。できないことを、気にはしない。やれるとき……いや、やりたいときに、一気にやる。でも、だらだらはやらない。私も何度か引っ越したけれど、まさにだらだらの典型で、少しずつ段ボール箱を片付けていくやり方で、一年経っても片付け終わったとは言えず、永遠に引っ越しを引きずったまま生活を送るというパターンなので学びたいところだ。

片付けや掃除だけでなく、フランスのバカンス（休暇）もそうだ。休むなら飽きるほど休んで、仕事を再開したら一気にそちらを片付ける（次のバカンスのために）。フランス人はメリハリをつけることに長けているのかもしれない。長期的な視点で大胆に切り替える。これも「退き」の発想と言えなくもない。さらに驚いたのは、ソフィーがその美しく調えたばかりの家を、ろくに住まないうちに惜しげもなく売って、南仏にポンと引っ越してしまったことだ。引きずらないなぁ。だから新しいところでも、また大胆に楽しめるに違いない。

あのやさしいソフィーが怒ったことを思い出すたび、笑いがこぼれてしまうけど、彼女からすれば私たちの行動は、逆にとても不可解で、言いたかったことは他にもあると思う。二人だけなのに、なんで週に三回も洗濯機を回すのだろう？　食洗機があるのになんで手で洗いたがるのだろう？　と（だってなかなか回してくれないから、服なくなっちゃうし、使えるお皿もないんだもん！）。でも、叔母に関しては、私がまめに洗濯をしていても一向に気にせず、早く乾く場所はここよ、などとその都度教えてくれた。シワや毛玉を気にしないように、彼女は日本人の不可解な行動も気にしない。叔父と結婚しているから、その気質も充分にわかっているのかも。

そういえば、叔父の家には食洗機がないのに食器がきれいだなぁ、と思いながら夕食をごちそうになったあと食器を下げて洗おうとしたら、叔父が急いでやってきて、やらなくていいから！　とそれを取り上げた。

「食器洗いは、ぼくの役目だからっ」

手伝うと言っても、頑に叔父はそれをやらせてくれなかった。慣れたように皿を洗っていく叔父の背中を見つめて、この行動は「退き」か「寄り」か、どっちかな？　と思う私だった。

家具もレースも男性も、古い方がお得？

その日は朝から、ロズリーヌの目がキラキラしていた。視線も窓の外に向いていて、なんとなく落ち着きがない。これはなにかあるなと思っていたら、午後になって彼女の親友のコレットさんがやってきた。ファッションもフェミニンなスタイルの彼女はロズリーヌとは対照的だけれど、二人はとても仲がよくて、いつもはお茶や食事をしながらおしゃべりをして過ごしていく。ところがその日は、二人は座りもせず、玄関でなにやら話している。このように女が顔をよせて相談しているときは、必ずなにか企みがあると世界共通で決まっている。それも楽しい企みに違いない、とこちらまで落ち着かなくなってきた。こういうときにフランス語がわからないことがくやしいが、そんな私の気持ちが通じたのか、叔母が私の方を見て、

「今日は、ゴミの日です！」

その秘密を明かしてくれた。

「ゴミの日？」

「ゴミの日は、家の前にゴミが、たくさんあります」

それは日本も同じです、と私がうなずくと、彼女は嬉しそうに両手を合わせた。

「イス、机、大きなものもあります！」

ああ、粗大ゴミの日か。フランスも回収は有料なのかな？　などと思っていたら、

「コレットの新しい別荘に欲しいもの、あります、探します！」

叔母は待ちきれないように言って、二人は「さあ、行くぞっ！」と車に乗り込み、ブーンと、どこかに行ってしまった。

日が暮れる頃、二人は車いっぱいに「ゴミ」を積んで帰ってきた。彼女たちは収穫にほくほく顔である。キッチンテーブルやスツールなど、確かに大物ばかりだ。さすがにアンティーク家具のようなものはなく、現代風のものばかりだけれど、日本では見ない洒落たデザインのものもあって、こんなのが捨てられているの？　と思うような物も。

このたび、コレットさんが、新しく田舎の方に小さな別荘を持つことになり、備品はお金をかけずにそろえるという方針にしたようだ。彼女たちのように粗大ゴミの日をねらって、回収車が来る前に車でまわり、掘り出しものがないか探して不用品をタダでもらってくることは、パリ郊外のこの辺りでは、みんなが普通にやることらしい。ゆえに、けっこうな争奪戦みたいだ。欲しいもの全てはそろわなかったようだが、ずいぶん節約はできたようだ。もちろん、汚れや傷がついていたり、不具合があるものばかりだけれど、それを自分たちで使

えるようにすることにも慣れている人たちである。それができるからのゴミあさり、いや、トレジャーハンティングという言葉の方が、彼らには合っている。

言うまでもなくフランスは歴史的なものが多く残されている国で、骨董市が有名であったり、古い物を大切にする人たちであることは誰もが知っている。でも、価値のある物ばかりを大切にするのではなく、人が捨てた物でも、喜んで直して使うのだから、本当の意味で「物を大切にする人たち」なのだなと思う。その精神は大いに学ぶべき……と、ここで褒めて終わってもいいのだけれど、私も彼らのことが少しわかってきたので、単にエコロジー精神だけで、それをやっているのかなぁ？　と勘ぐってしまう。

もう一つなにかがあるように感じる。現に、ソフィーと服について話をしていたら、「新しくてきれいな服が安く買えるから、バーゲンってすごく幸せ！」と言うので、私たちとなにも変わらないじゃん？　と思った。日本と同じく「もったいない精神」は叔母の世代までなのかもしれないけれど、実際この「お得」好きが、けっこう彼らの考え方の要になっていることがわかってきた。ソフィーの発言にも負けない、ロズリーヌのエピソードもある。

私とロズリーヌ、N君の三人で、ショッピングモールに行ったときのことだ。お土産を買う目的でチョコレート店などをまわっていたら、メンズのブティックがあって、N君がちょっと見たいと言うので、三人で店に入った。しかし、店内で最初に目の色を変えたのは、N君ではなく叔母だった。最初は私たちが誤った買物をしないよう、よこで見てくれていた彼女だが、N君が手にとったジャケットの値札を見たとたん、

「オ……ゥ！」

と目を皿のように大きく見開いた。ジャケットがかかっているハンガーの足元にも同じように「–70%」の立て札があり、ロズリーヌは口に手をやり「この店、気は確かか？」という感じで辺りを見回している。フランスは法律で決まっていて、バーゲンの時期以外に物が安くなることはあまりないという。さらに七割引という大胆な値引きの仕方は、かなりレアなケースだったのだろう。N君もバーゲン専門の人だから、叔母に負けず興奮して、その中から自分に合うサイズを探し始めた。叔母はというと、終いにはその「–70%」の札を取り上げて、店の気が変わらないように、と言って抱きかかえている。

「ロズリーヌも、めっちゃバーゲン好きだ……」

と判明した。その後も、調子に乗ったN君がパンツも探したいと言いだして、叔母もその店が大好きになってしまったもんだから、

「ダコー（了解）、まかせなさい！」

と男性の店員に声をかけ、長いこと雑談をして、仲良くなったところで安くなっているものを持ってきてもらって、さらに値引きしてもらえたようだった。N君はジャケット一着パンツ二本と、予期せずいい買物ができて、誰よりロズリーヌが大満足な顔をしていた。

物に関してではないけれども、ロズリーヌの「お得」大好きのエピソードは、もう一つある。それも叔父の家に泊まっていたある日のことだ。私が朝食をとっていたら、ロズリーヌが飛んできて、

「早く出かけなさい！　パリに行きなさい！　とにかく行きたいところに行って、一日、ずっとパリで遊びなさい！」

と目を輝かせて言う。なぜ、そんなに追い出したい？　と思っていると、叔母はその理由を笑顔で言った。

「なぜなら、今日は空気がとても汚い！　車のガスで、パリの空気は毒です。テレビで言ってます！」

えっ、だからパリに行けと？　「行くな」と否定形で言うべきところを言い間違えてるのかな、と首をかしげたが、そうではなかった。一番重要なことを彼女は最後に告げた。

「だから電車が全部タダです！　一日タダ！　早く、N君を叩き起こして行きなさいっ！」

パリの市街に光化学スモッグの注意報が出ると、車に乗らないよう促すため、中心地を走

る地下鉄などが全て無料になるらしい。私は寝ていたN君を慌てて起こして、観に行く予定である教会やら公園やらを、急遽その日にまわることにした。

行ってみると、どの駅も改札が開放されていて、慣れない観光客にとっては乗り間違えても気楽にもどれるし、道を走る車も次第に減ってきて、街も歩きやすく、天国のような一日だった。パリ市民には申し訳ないけど、スモッグ万歳！　ちなみに叔父は、N君がアレルギーなのを気にしていて、ちょっと心配そうな顔をしていたけれど。

私も含め、世のおばさんは万国共通で「お得」が好きらしい。とはいえ叔母の場合、お金を使うところではちゃんと使うし、お得だからと買いまくった安物が家にあふれている、ということはない。古い物が好き……物を大切にする……お得好き。これらは意外とつながっていることなのではないだろうか。

そのつながりを教えてくれるものがあるような気がして、私は「ロズリーヌの作業部屋」をのぞいてみることにした。昔は子供部屋だった小さな角部屋は、今は彼女のアトリエになっていて、ミシン、裁縫道具に始まり、絵の具や筆、作業台のよこには見慣れない道具も並んでいる。キッチン、庭の菜園、そのどちらにも叔母の姿がないときは、ここにいることが多い。そもそもが器用な彼女だから、ここでなんでも作ってしまうのだ。

子供の頃にフランスに来たときも、彼女は窓のカーテンを細い糸から編んでいた。編み棒で編むのではなく、シャトル（糸巻き）を使って編んでいく。漁師が魚網を編むときの古典的な技法で編んでいるのだと、叔母はやってみせてくれて、母と一緒に、カーテンって作るもの？　と驚いたものだ。

叔母の作業意欲は、今でもつきることなく、最近では古本の修繕方法を、プロから習ったそうだ。古本や壊れた本を買ってきて修繕し、表紙を新しく自分で作り直すという。こうなってくると博物館にだって勤められそうだが、職人が使っているような年季が入った作業台の上を見れば、バラバラになったページを糊で貼り、纏（まと）め直したものが、重石で「圧し」をされている状態にあった。そこまで価値がある本ではないかもしれないけれど、挿画や書体、レイアウトは、現代にはもうないもので、表紙まわりを新しい革や厚紙で直すことで見事に復活して、また手にとって楽しめるものになるのだから、感動的だ。ゴミ同然だったものが、生まれ変わって本棚に置かれ、次の世代にも読み継がれるものになれば、それこそ「お得」と言わずなんと言おう。

古ければなんでも価値があるというわけではないけれど、歴史こそ自分の手で急には作れない。それが欲しかったら、ワインの熟成のように時間をかけて待つしかないが、古いものを手に入れれば、それが抱えている歴史までも一気に自分のものにできる。これもある意味

「お得」と言える。

これを例にあげていいのか……ちょっと悩むけれども、若くしてフランスの大統領になったマクロン氏には、二十四歳も年上の夫人ブリジットがいる。その歳の差が話題になったが、それも「お得」と考えるフランス人はいるはずだ。自分より歴史を積んでいる人と一緒にいれば、その経験や奥深さ、若い自分にはない知恵などの恩恵を受けられる。現にブリジットは彼を支えるよきアドバイザーで、マクロン大統領は、

「あなた（ブリジット）なくして、私はない」

と言っているぐらい。おのろけにしか聞こえないけど、歴史を持っている女性を思いきってパートナーにしたことで、若くして大統領になれたのだとしたら、それこそ「お得」な結果ではないだろうか。すでに歴史を持っている古いものは、人でも物でも「お得」だと、フランス人は感じるのかもしれない。安い新品もお得だけれど、中古品もそれとは別の意味でお得だと。

ロズリーヌとコレットさんがトレジャーハンティングをして、しばらく経ったある日の夕方。いつもより多めに夕食の準備をしている叔母を見て、お客様ですか？　と私は訊ねた。彼女は、何か含んでいる笑みを浮かべた。

「コレットさんと、彼女の友だちが、来ます」

むむっ、これはなにかあると思っていたら、夕方、コレットさんが同年代の男性をともなって現れた。すでにご主人を亡くされて独身であるコレットさんの、新しい恋人のようだ。見た目からして真面目そうで、シャイに人と接する彼は、日本人とも共通する凝り性な性格でもあるらしく、N君が建築士だと知ると、自分の家はエコ住宅で、気密性も高くしているなど、こだわって建てた経緯を詳しく語り始めた。彼とは対照的に華やかなコレットさんは、彼の話をよこで聞きながら、そんな大したもんじゃないわよ！　と茶化したりして、なかなかかわいいカップルだった。もし前情報がなければ、私は二人を、長いこと連れ添っている夫婦だと疑わなかったと思う。

孫のいる歳で、新しい彼氏を作るなんてすごいなぁ元気だなぁ、と感心したけれど、考えてみたら経験の少ない若い者どうしがつきあって関係を作り上げていくそれとはまた違う。お互い色々経験ずみということは、男女の関係におけるパターンも先読みできるし、失敗も修復の仕方も知っている。一から経験していかなくていいぶんエネルギーも使わないですむし、確かにお得。中古家具と同様、お互いあまり多くを求めることもないだろうし。

ブリジットよりも歴史を持っている女二人、ロズリーヌとコレットさんはいつものように切れ目のないおしゃべりを始めて、男性陣はすっかり取り残されている。私は、ぼけーっとしている叔父とN君をちらっと見て、それから、オードブルを笑顔でほおばっているどこか無邪気なコレットさんの彼氏を見た。確かに「新鮮な中古品」というのも、いいかも。それが必要になる機会が、いつかあればだけど。

その翌日。ロズリーヌが、ちょっと来て、と私を屋根裏部屋に呼んだ。

「どれでも好きなのを、日本に持って帰りなさい」

と、彼女が宝箱のように厳かに開けた革の大きなトランクの中には、年月をかけて収集したと思われるアンティーク・ファブリック、とても繊細な古いレースや、刺繍をほどこしたテーブルセンター、リネン製品などが、いっぱい詰まっていた。

「こんな貴重なものを……」

もらうことはできないと、断ろうと思ったけれど、ふと私は考えなおした。今回、古いものは「お得」であると学んだ。その歴史を利用してこそ、使ってこそ、意味があるということも。トランクの中にあるより、日本という地でさらに使って、歴史を新たに加えることも、大切かもしれない。私はその中から、下着を入れるものだという刺繍入りのピンクの布袋と、麻とレースのドイリー（丸い小さなテーブルセンター）をもらった。今、この原稿を書いているテーブルにドイリーは敷いてあって、下着入れも、クローゼットの中で、旅行のときに、とフルに活躍している。そして、それを見るたびに叔母を――七割引のセールで目を大きくした、あの表情を――思い出している。

ソフィーのクローゼットをのぞいたら

ソフィーが大学生ぐらいの頃、例のごとく小さなトランク一つで日本に遊びに来ていて、見かねた私の母が、なにか服を買ってあげると、彼女を連れて街に出かけていった。夕方、ぐったり疲れて帰ってきた母は、首をよこにふって言った。

「決めない決めない！　買わない買わない！」

ソフィーの服の買い方には、母も脱帽したという。スカートが欲しいようなので、それを選ぶことになったが、もちろん試着はあたりまえ。そして、ちゃんと試着室から出てきて広いところで鏡で見る。行ったり来たり歩いてみて、後ろ姿や、服のラインがどう出ているかもチェック。さらに座ったり、立ったりと、動作を変えて、様々な角度から身体に合っているか確かめる。ブティックの店員も感心していたそうだ。そのための試着ではあるけれど、かなり時間をかけて悩んでも、結果、気に入らなければ、

「ノン。いらないです」

店員にはっきり断るという。そして次の店でも、忍耐強くそれをくり返す。繁華街の店を何軒もまわって、それでも買わないで終わりそうだった、と母は話した。なので、最後に試

したスカートも不本意らしかったけれど、母が無理に買わせたと。

「フランス人がカッコイイのは、やっぱりあれぐらい見る目が厳しいからなのね」

母は疲労と尊敬が混じる声で言った。ちょうどバブル景気の頃で、ブティックやデパートには、デザイナーズブランドの斬新な服がいくらでもかかっていた時代だった。私はそこまでファッションに興味がある方ではなかったけれど、母の話を聞いて、おしゃれというのはウィンドウに飾ってある服をただ買って着ることではないんだな、と思ったものだ。

ソフィーはというと、勝手の違うところでの買物で、やはり疲れた顔をしていたけれど、さっそく買ったシンプルなスカートをはいて見せてくれた。べつに問題はないように私には見えたが、彼女は鏡でまたそれをチェックし始めて、やはりなにか気になるところがあるようで、かがんだりして生地の具合を見ていた。日本人の体型に合わせて作られているから、どうしても裁ち方に違和感があったのだろうと、今になって思うが、それがすぐにわかるのもさすがだし、たとえ買ってもらうものでも適当には買わないという姿勢は、見習わなくてはいけないところだ。「親戚泣いてもすぐ買うな」がそれからうちの家訓となった。

そのようにソフィーの妥協しないスカート選びのエピソードは、中島家では語りぐさになっていたので、フランス人は多くの服を持たない、という趣旨を語った本が日本でベストセ

ラーになったときも私たちは驚かず、

「知ってる、知ってる」

とうなずいた。あれだけ買わないのだから、十着しか持っていないという話も冗談でなくありえると。

今回フランスに来て、実際のところはどうなのか、叔母とソフィーのクローゼットを一度のぞいてみたいとは思っていた。けれど、

「クローゼットを、見るまでもない」

ロズリーヌが出かけるときに、いつもかけるサングラスを見て、私は呟いた。

フレームが深紅のそのサングラスは、髪をショートカットにしている背の高い叔母にはとても似合っていて、なんとも粋だ……が、長年使っていて片方の蝶番(ちょうつがい)が壊れてしまったようで、その部分をピンクのビニールテープでグルグルと大胆に巻いて固定してある。赤にピンクという、やや無理のある組み合わせは、おばさんの年代がやってしまいそうなことではあるが、男性的なロズリーヌがやっていると、そのピンクが妙にカッコよく見えてしまう。眩しい太陽の下で、眉間にシワをよせて、その年季が入りすぎているサングラスの奥から、じっとこちらを見つめてくる彼女に、もし返す言葉があるとすれば、

「そうですよね。お気に入りの、そのサングラスが一本あれば、充分ですよね」

しかないだろう。彼女が他のサングラスをしているところは、やはり一度も見なかった。

実はフランスで久しぶりに新しいサングラスを買おうと思っていた私だったが、それを見て、学生時代から使っている古いサングラスを捨てずにもう少し使うことにした。買物が楽しみで来たのに、叔母をリスペクトしていると、物を買えなくなってしまうので困る。

クローゼットの中を見せてもらわなくても、叔母が多くない洋服やアイテムで暮らしているのは明らかだったが、ある寒い日に私にコートを貸してくれると叔母は言って、実際にクローゼットを見せてもらうことになった。さすがに十着ではなかったけれど、叔父のものと合わせても、かかっている服は確かに少なかった。なのに、

「ここにあるものの半分は着てない」

と叔母は肩をすくめる。努めて減らしているというより、彼女の場合は本当に必要ないという感じだ。ここまで服に関心がなくても、カッコよくいられることが不思議で、うらやましい。でも、今でこそ彼女はシンプルな服しか着ないが、若いときの叔母を思い出せば、さりげなくアフリカンテイストなものや、エキゾチックなものを上手に取り入れた、かなりレベルの高い洒落た着こなしをしていた。その歴史があっての今だから、地味な服も素敵に着こなせているのだと思う。この境地に自分がたどり着くには時間がかかりそうなので、私はほぼ同年代のソフィーの洋服事情に目を向けてみることにした。

現在は二児の母であるソフィー。忙しくしている毎日だが、今もスカート一枚を買うのに、妥協をゆるしていないのだろうか？　なにも聞かずに、まずは観察してみたが、最近の彼女はやはり動きやすいパンツスタイルが多い。服のシワや毛玉はおいといて、いいものを着ているという印象だ。そしてコーディネートが上手。けして派手ではないが、その色遣いにはいつも目をひかれる。ある日は、ワインカラーのパンツに上はライトブルーのインナーを着て、グレーのゆったりしたカーディガンをはおり、目が覚めるような山吹色の長いスカーフを巻いていた。全て無地で、驚くような色の取り合わせでも派手に見えず、むしろ清々しい。そしてどれも着回しできそうで、やはりクローゼットの中は十着に近いのかもしれない。買い方、減らし方を含め、どうやったらそのように整理できるかを教えてもらいたい。私はその辺りのことをエッセイに書きたいからと、直接彼女にインタビューしてみることにした。

「フランスの洋服事情について、ちょっと聞いていい？」

「喜んで。なんでも聞いて！」

「フランス人はたくさんの服を持たない、っていう本が日本で流行ってるんだけど」

「……」

「あなたたちは、どうやって服を減らしてるの？　やはり買わないの？　よく吟味して買うんだと思うけど。なにを基準にして、服を選んでるの？　ソフィーや同世代のお友だちは、どのようにしているか、よかったら教えてくれる？」

ソフィーはちょっと黙ってから、このように返してきた。

「それは、本当に人それぞれだと思うけど……。私たちの世代で言えば、実のところ……ほとんどの人が、すっごくたくさんの服を持ってる」

「えっ？」

「よく着る服だけじゃなくて、いらない服も、いーっぱい持ってる。減らしても減らしても、それでも、まだありすぎだって、みんな言う」

「あ、そう……」

「私の友だちを見ても、少ない服でやりくりしてる人なんて見たことない。着たことない服を山ほど持っている人は、たくさんいるけど」

予想していなかった回答に、私が言葉を失っていると、ソフィーは続けて言った。

「あと、服をどう選ぶかだけど……」

やはりそれは慎重に選んでるんだよね？　と思いながら私はうなずいて返した。

「考えたことない」

きっぱり返されて、私はガクッ、と前のめりになった。

「それも人それぞれかなぁ。ただ自分が好きなものを選んでる、ってだけだと思う。好きなスタイルとか、少し違ってるものが好きとか。あと、好きなブランドで選ぶ人もいるし」

ブランド！　おお、そこはフランスっぽくない？　やはりお気に入りのブランドやブティックがそれぞれあるのだろう。

「たとえば、どこのブランド？」

私が訊ねると、ソフィーは笑って返した。

「私のまわりで人気があるのは、なんと言っても『モノプリ』！（フランスの大型スーパー。ややおしゃれな『イトーヨーカドー』『イオン』な感じ）」

あの、それはブランドではないです、とツッコミを入れたかったが、自分が思い描いていたフランス人は、もはやここにはいないということがわかってきた。

「じゃ……あまり深く考えないで、買物してるってこと？」

「あ、でも決めてることが」

ソフィーが言って、私は顔をあげた。

「なになに？」

「セールのときにしか、服は買わない」

それも日本と変わらないし！　と崩れる私。

「冬と夏のバーゲンの季節は、友だちと会えばそのことしか話題にならないぐらい。あれ買った、これ買ったとか。『もういらないのに、また買っちゃった！』とか」

おもいっきり、物質主義なんですけど……。フランス人のクローゼットの中は、けっこうパンパンです、と誓って言える。しかしそうなると、あのスカートを念入りに選んでいた「買わないソフィー」は、なんだったのだろう。幻だったのか？　と首をかしげている私に、ソフィーは重ねてこう言った。

「いらないってわかってるんだけどね。新しくてきれいな服が安く買えるから、バーゲンって、すごく幸せ」

私は首をさらに倒してうなだれた。我が家の家訓をどうしてくれよう。

「……時代が、変わったのかなぁ」

自然と出てきた自分の言葉に、そういうことなのかもしれないと思った。勝手な自分の思い込みを捨てて、今のフランスを観察すれば、ソフィーの言っていることの方が確かにリアルだ。

最近は、世界中のどこの街に行っても同じ店が並んでいて、似たような街並でつまらない、という話はよく聞く。もちろんパリのど真ん中、貴族が住んでいるようなところに行けば、名高いブティックが軒を連ねた、そこだけの街並があるかもしれない。けれど、フランスでもほとんどの繁華街には、ファストファッションと呼ばれるワールドワイドに展開する低価格の大型衣料品店が並び、日本のユニクロや無印良品の看板もある。買う人がいるから、その手の店があるわけだ。そのような店で服を買うときも、ソフィーは昔のように試着をするだろう。そして身体に合わなければ買わないだろう。……でも、ほんのちょっとだけ合わないぐらいだったら、どうするだろうか？「ま、この値段だからしかたない。とりあえず買っとこう」と思うかもしれない。そしてクローゼットの中に、また着ないものが一枚増えるのだ。

「……絶対に、十着ではないね」

と私が言うと、ソフィーはうなずいた。

そのような現代の環境にあっても、新しいサングラスを買わない叔母のようなフランス人は、まだ多くいると思う。質のいいものを十着だけにして着回しているストイックな人もいるかもしれない。そして、ほとんど着ない大量の服に悩まされているフランス人もいる。それがリアルなフランスなのだろう。

ソフィーと話をして、腰砕けになった私だったが、逆に気が楽になって物欲がもどり、フランスでも買物ができるようになった。ありがとうソフィー、と心の中で思いながらパリの外れの繁華街に行って、欧州のメーカーで、やはりドレスなどを安価で買える店に入り、服をまとめ買いすることにした。

とはいえ、ちゃんと試着はした方がいいよね、と選んだ服を持って、若い女の子の店員に声をかけると、英語ができるようで笑顔で応対してくれた。

「あなた、日本人？」

と、その子に聞かれて、彼女は嬉しそうに、自分は日本のアニメや本が大好きなのだと熱い口調で話してきた。私も嬉しくて、どんなものを観たり読んだりするのか聞いて、ひとしきり盛り上がった。そして私が服を試着すると彼女は、そっちより、こっちが似合うなどと、アドバイスしてくれた。彼女が他のお客さんに呼ばれなかったら、もう少しで彼女とメアドを交換できていたと思う。買った服を持って店から出てきた私は、思わず声に出した。

「ここ、ホントにフランスかな？」

子供のときの記憶にあるパリでの買物は、けしてこのようにフレンドリーなものではなかった。私たち日本人が店に入っただけで冷ややかな緊張感が生まれるのを、子供ながら感じたものだ。買い手市場の今、買物は昔よりずっとしやすくなった。フランス人にとっても一日を費やすものではなくなったのかもしれない。大きな買物の袋を抱え、叔父の家に帰ってきた私は、安く買物ができたことを、ロズリーヌに報告した。

「オー、それは、よかったです！」

彼女は妙に喜んでくれた。そして私に言った。

「なぜなら、たい子は、なにも買いませんから！」

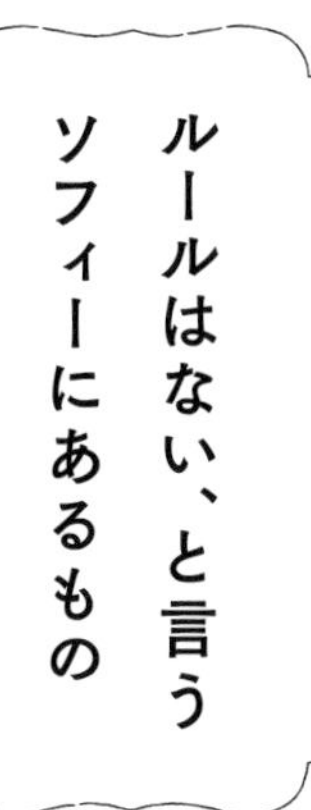

ルールはない、と言うソフィーにあるもの

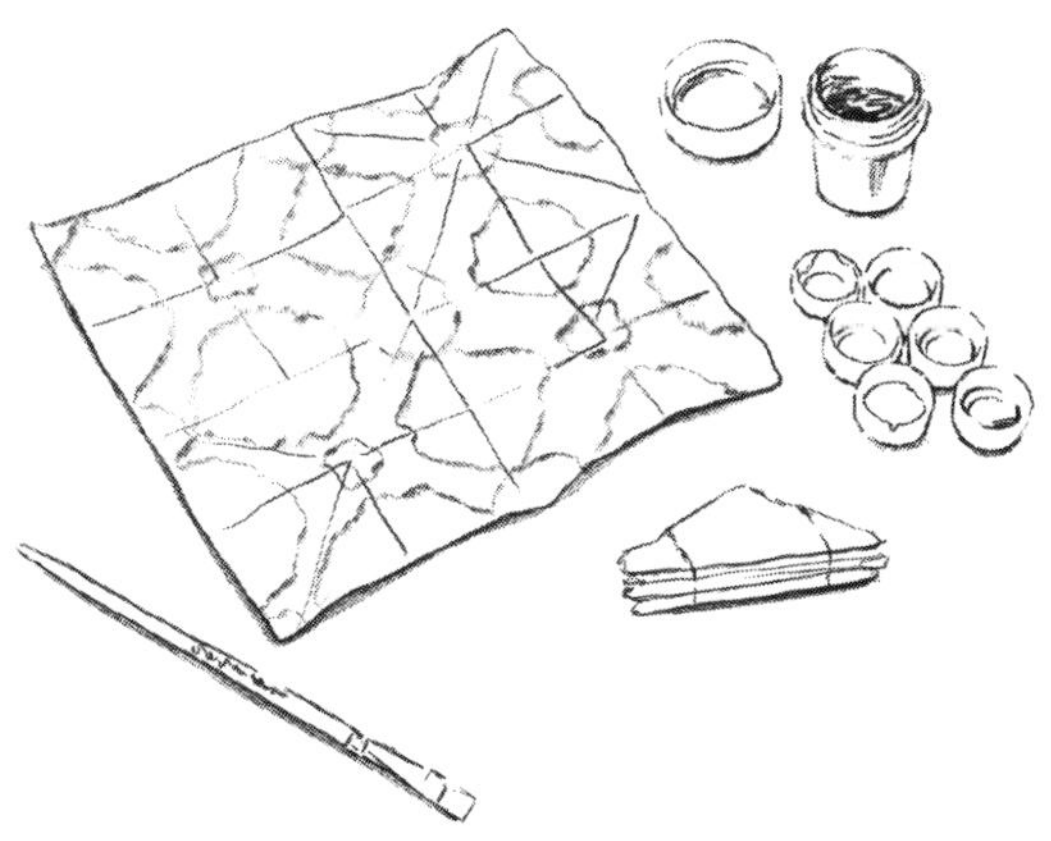

「どこで、ソフィーはヘアカットしてるの？」

せっかくだから、パリで髪を切ってみたいと思って、のび放題の頭で来てしまった私だったが、観光などしているうちに後ろでまとめているおだんごがどんどん大きくなってきて、さすがにそろそろカットに行こうとソフィーに訊ねた。

「すぐそこの、サロン」

と彼女は、そちらを指した。ソフィーは日本の血も感じさせる黒っぽい茶色の髪をショートカットにしているが、やはり質感は日本人にはないやわらかさがある。短い髪をかきあげる仕草がかわいくて、ラフな感じのカットも素敵だなと思って見ていた。

「そこのお店、英語は通じるかな？」

「たぶん大丈夫だと思う。私の担当の人はイギリスで勉強した人だから」

それなら安心、と予約してもらうことにした。ソフィーはサロンに電話をかけて、長いこと相手と話していた。べつに拒まれているわけではなく、フランスでは単純な用件でもしゃべりまくるということは、私ももうわかってきた。

「三時に予約したから。私の担当のムッシュが切ってくれるって」

いってらっしゃい、とソフィーに見送られて、私は歩いて十分もかからない近所のサロンへと向かった。石畳のプロムナードのようなところを歩いていくと、道に面しているサロンが見えてきた。店構えはそこまで日本と変わらない。ガラス張りで、白で統一されていて、椅子や置いてある道具も似た感じだ。ちょっと雑然としてはいるが、逆に温かみがある。扉を開けて入ると、

「ボンジュー」

ヒゲをたくわえたムッシュが笑顔で迎えてくれた。予想以上におじさんで、どちらかというとパン屋さんな顔だったが、店長、もしくはスタッフの中で一番偉い人と思われた。

「カットだけ？　それでOKね？」

短い英語で聞かれ、はいカットだけで、お願いします、と私は返した。

「じゃ、ちょっと来て、ナタリ！」

と呼ばれて来たのは、すごく不機嫌そうなマダムで、どこかロズリーヌに似てシュッと背の高い人だった。シャンプーだけ彼女がやるのかな、と思ったが……このあと、予想もしていなかった展開になるのだった。今考えれば、フランスのサロンで切れば「フランス人みたいな髪になれる」と、うっかり思ってしまった私が愚かだった。日本人がフランス人のやり

方をただ真似してもそうはならないということは、子供の頃から重々知っていたはずなのに……ここに来てやってしまった。

ヘアスタイルにしろ、洋服のコーディネートにしろ、フランス人のさりげないおしゃれは、常に多くの日本人女性を魅了してきて、私の親の代から、彼らはお手本とされてきた。私の場合、フランス人の親戚がいることで、斜に構えていたところもあったから、真っ向から憧れることはなかったけれど、それでもロズリーヌやソフィーが選ぶものや、作るものを目の当たりにすると、日本にはない感性があることを感じずにはいられなかった。その例で、忘れられないエピソードがある。

夏休みに叔父一家が来日して、いとこたちも私もまだ小学生ぐらいで、ある日、暇つぶしに私が学校で習った「和紙染め」をみんなに教えることにした。白い和紙を小さく折り畳んで、その四隅を好きな色の水彩絵の具に浸し、色が滲んで重なったところで広げて乾かすという、オリジナルの和紙を作る工作だ。フランスから来た子供たちは喜んで、さっそく和紙を染め始めた。が、ソフィーが選んだ絵の具の色は「赤と黒」という驚きの組み合わせだった。その二色は一枚の和紙の上で華を咲かせて、えらくアバンギャルドでゴージャスな和紙になった。そのような色の組み合わせを小さな女の子が選ぶなんて、当時の日本ではありえなかったから、私も母も、子供の作品には思えないと感動した。ところが驚いたことに、ロズリーヌはそれを見て、「色の組み合せが強すぎて、よくない」というようなことを言ったのだ。求めるものがさらに上、ということ。その色について、あーだこーだと言いあっているソフィーとロズリーヌを、子供ながら遠くに感じたのをおぼえている。今だったら「プロのデザイナーの打合せかっ！」と、ツッコミを入れるところだ。

子供のときからそんな二人を見ているから、根本からなにか違うと感じていたし、ヴィトンのバッグを持ったぐらいじゃ、真似にもならないということもわかっていた。そもそも自分は「花よりだんご」だし、今回のフランス旅行でも、おしゃれという分野でなにかを学ぼうとは思わなかった。でも料理と同じように、私たちとは違うそのファッションの「感覚」が、どのようにして生まれてくるのかということには興味がある。そこでまたソフィーにインタビューしてみることにした。

「またファッションについて？　私、べつにおしゃれをする方じゃないし、もうけっこうオバさんだし……」

彼女もどちらかといえば「だんご派」だという。

「でも、ソフィーは洋服の色の組み合わせ方とか、とても上手じゃない？　そういうのはどこで習得したと思う？　コーディネートの基本とか、これにはこれとか、セオリーみたいなものはあるの？」

「学ぶ……というのが、よくわからない。だって、ファッションにルールはないよね。まあ、無意識のうちに、メディアや雑誌やお店で見て、学んでいるのかもしれないけど。でも、とくに意識してやってることや、セオリーみたいなものは……ないな」

「あっそう？」

「この色とこの色は合わない、みたいなのはあるかもしれないけど。KENZOなんかは、そういう概念を壊してて、むしろ美しいと思うし……」

KENZOは日本のブランドだよね、と思う。ソフィーは言う。

「だから、あまり考えてないと思う。ただ好きだから着てる。いい感じだからそれにしてる、ってだけかな。リサーチとかして買うこともないし。新しいものが着たい若い子は、チェックしてると思うけど」

「なにも考えないで素敵なんだから、いいよね」

「みんながみんな素敵じゃないよ！　とくに男の子は、だんぜん日本の方が、おしゃれして素敵よね」

へー、と私は驚いて返した。日本の男性の皆さん、聞きました？　そう思われてるみたいよ。ソフィーはしばらく考えていたが、なにか思いついて口を開いた。

「でも、もしなにかファッションに影響しているものがあるとしたら、一番はやっぱり『家族』だと思う」

「家族？」

「生まれた家で、家族がどういうものを着ていたか。最初は母親が選んだものを子供に着せるのだから、その影響が強いと思う。経済的にもどういうものを着せているかで、また違ってくるし」

この言葉を聞いて、同じフランス人でも、未だにいる貴族の人たちは服に関してとても厳しく親から指示される、と本で読んだのを思い出した。

「確かに、親のセンスで左右されるよね」

と私は返した。ソフィーが素敵なのも、ロズリーヌの影響だと言えば、うなずける。そこでまた「和紙染め」の一件を思い出した。あのときのように「よくない」とロズリーヌにダメ出しされて、ソフィーは無意識にセンスを磨かれていたのかもしれない。けれど私は、ソフィーがあのときダメ出しされても、落ち込んだりしてなかったこともおぼえている。むしろ、なんでこの色にしたかをプレゼンするかのように語って返していた（やはりデザイナーの打合せ）。親に言われたまま素直にすりこまれているのとは、違うように思う。それを表すエピソードがもう一つある。

マチュウが、やはり小学一年生ぐらいの頃、夕食のときに自分だけが甚平（私たちがプレゼントしたもの）を着ていると気づいて、泣き出したのだ。ロズリーヌはべつにそれを気にしていなかったので、マチュウ自身が、ディナーにふさわしい服ではない（パジャマっぽい）と判断したのだろう。パジャマのままでご飯を食べて親に怒られることはあるけど、自ら恥ずかしいと泣くなんて！　こんなに小さい男の子がＴＰＯを気にするの？　と当時の私は、ちょっと退くぐらい驚いた。

そこになにがあるのかといえば「自分がある」ということだ。もちろん親の教育もあるだろう。流行を教える店や雑誌もあるし、さらにはパリコレという最先端の情報発信地もある。けれど、その前に彼らには「自分」というものがある。その上で、それらの情報を受け取るのと、自分というものがなくて、ただ情報にさらされているのとでは大きく違う。それが私たちとの違いの一つかもしれない。

とはいえ私たちも、洋服を着ている歴史が長くなってきて、独自の感性をそれで表現できるようになってきたとは思う。ソフィーも言う。

「日本人こそ、誰もがきれいで、上手に服を着こなしていると思うけど。日本の服も色々な種類があって大好き。ユニクロも安いしカッコイイ」

彼女がコスパにこだわるのも、ロズリーヌの影響かもしれない。後日、ソフィーはまわり

の友人などにもリサーチをかけてくれたが、
「あんまり考えないで買ってる、けどコーディネートしてる。以上」
というのが、四十代のママ友仲間では一致した意見だったらしい。

さて、話はヘアサロンの顛末にもどる。なぜか英語がしゃべれるはずのムッシュはどこかに消えてしまって、私は英語がほとんどしゃべれないナタリに髪を切ってもらうことになった。シャンプーのときから椅子の高さが厳しくてつらかったが、英語で話しかけても返事がないから、我慢するしかない。どうにか鏡の前に来たけれど、ナタリの険しい表情は変わることなく、ドライヤーで私の髪を乾かしながら（フランスでは乾かしてからカットするようだ）なにやら言った。

「×○△×○○×△×△?」

おそらく「どうしたいの?」と聞いているんだろうと思い、私は身ぶり手ぶりで、肩のところまで切ってくれと伝えた。しかし彼女は、またフランス語でなにか長々と言ってきて、私は理解できないから、もうどうにでもなれ、と思って、

「ウィ（そうです）」

と返した。するとナタリは突如、持っていたドライヤーを、バンッ！　と鏡の前に叩きつ

けた。美容師がドライヤーを投げるのを生まれて初めて見た私は、背中をのけぞらせてびっくりした。キレたと思われるナタリは、隣りの椅子にドカッと座ると、首をよこにふって、

「ハーッ！」

と大きなため息をついた。本当に困っている。めちゃくちゃ恐いけど、彼女が気の毒にも思えてきた。そして、もっとこちらから積極的に表現したり提案しなきゃいけないのでは？と言葉が通じなくてもわかってきた。フランスに「おまかせ」はないのではないかと。そこで私は、自分の長い前髪を引っぱって、真よこにハサミで切るジェスチャーをして、「前髪を作ってください」とアピールした。実は、通っている日本の美容院でも何回か「おかっぱな前髪を作って欲しい」と頼んだことがあるのだけれど、そのたびに「おすすめしない」とやんわり断られるので、この際、それを試すいいチャンスだと思ったのだ。

すると、ふてくされていたナタリが、そのアピールに瞬時に反応した！　スクッと立ち上がり、私の前髪にちょっと手を触れると、彼女は大きな声で私に言った。

「ノォーン！　ノンッ！」

彼女は大きく首をよこにふった。フランスでも前髪を作ることを拒否されて、私の前髪って世界的に切れないものなのか！　とショックを受けた（後から知ったが、つむじのせいらしい）が、ナタリの不機嫌だった表情がそれをきっかけに、変わった。

目覚めたように、彼女は私の髪をバシバシと切り始めた。悩んではいるようだったが、なにか前髪からヒントを得たようで、外向きにドライヤーでカールを作って、それに合わせてまた切っていくという、私にとっては前代未聞のカッティングだった……。とにかく私は自分の髪のことより、機嫌がよくなっていく彼女を見て、ホッとした。なんと最後には、カプチーノまで淹れて出してくれた。そしてナタリは鏡の中で微笑み、髪は仕上がったようだった。自分の仕事に満足げな彼女に礼を言って代金を払っていると、どこかに消えていたムッシュが現れて、

「あら、ステキ！　また来てね」

と、フランス語で言われた。日本の美容院と同じぐらいの時間だったと思うが、テーマパークのアトラクションから出るような疲労感で、サロンを出た私だった。

プロムナードのガラスに映る自分を横目に見て、どうなんだろう？　と思いながら帰ったが、

「素敵！　すごくよくなった。行ってよかったね！」

私を見るなりソフィーは言った。とてもいいと連呼してくれたので、そうなんだ、やっぱりフランスのスタイルなんだな、と思った。ちなみにN君は、

「あ……なんか、すごい切り方……」

と口ごもっていた。そしてフランスで髪を切るなんて勇気がある、と称えてくれた（先に言って欲しかった）。しばらくはその髪型を楽しんだが、残念なことに、私の太い髪質でそのスタイルを長く維持することはできなかった。

ソフィーの言うように感性にルールはない。自由だからこそ、素敵なファッションがこの国からは生まれるのだ。でもそれは「自分を知っている」というベースがあってのこと。フランス語で自分のスタイルというものを長々と語れるようになったら、またナタリに髪を切ってもらおうと思う。アピールすれば、新しい感覚の前髪を作ってもらえるかも。

旅には、
かわいい柄の寝袋を

今回の旅では、叔母のロズリーヌから数えきれないほど色々なことを教わった。日本に帰ってきてからさっそく実践して、バゲット作りのように生活の中に習慣として溶け込んだものも多い。料理の方法だけでなく、

「これを教わって、ホントによかったなぁ！」

と、それを使うたびにありがたく思う、便利アイテムもある。その一つが「寝袋」。でも、山登りに持っていくようなものではない。叔母は終始それを日本語で「寝袋」と言っていたけれど、正式な名称は「布団カバー」である。

フランスに着いて、パリなどはだいたい一通り観てまわった頃のこと。叔父から、

「二泊ぐらいで、地方に旅行に行かない？」

と誘われた。モン・サン＝ミッシェルを観がてら、周辺の観光地を車で案内してまわってくれるという。叔父夫婦、私、N君の四人だから車は一台ですむし、遠い道のりだけれど運転大好きの叔母は、喜んでハイウェイをぶっ飛ばしてくれそう。

嬉しい話だと思ったけれど、一つだけ懸念があった。私とN君は一見、元気そうに見える

んだけど、若干のハンディを抱えている。N君はアトピーで、私もアレルギー体質。実は、小学生でフランスに来たときも、古城を改修した湿っぽいホテルに泊まって、喘息の発作を起こしたというトラウマがある。そんな弱っちい二人なもんだから、

「あの、泊まるのは、どこかな？」

と神経質に聞いてしまった。叔父夫婦と一緒の旅行では、掃除と空調が行き届いたホテルに泊まる、ということはなさそうだからだ。

「途中にコレットさんの別荘があるんで、そこを借りる」

予想どおりの返答だった。先日、コレットさんが新しい別荘のために家具を探していたので、その家？　と聞くと、それとはまた違う「夏に使う家」だという（コレットさんは何軒家を持っているのだろう）。うーん、人の家か……と心配になる。親戚の家ならまだ掃除機を借りて掃除したりできるのだけれど。その別荘はあまり使ってない感じで、くしゃみ大会になりそうだ。

「私たちアレルギー持ってて、環境次第で具合が悪くなるから、一緒に行動すると、ご迷惑をかけるかも……」

と私は消極的に叔父に伝えた。叔父と叔母はフランス語でなにか話していたけれど、

「大丈夫だよ、空気がいいところだから。心配しないで行こう」

二人は笑って決めてしまった。私たちも、まあ、どうにかなるかな、と腹を決めてついて行くことにした。

旅行当日の朝、ロズリーヌは旅行に必要なものを慣れたように車に積み込んでいき、私たちのぶんも色々と用意してくれているようだった。昔と同様、叔母の車のトランクはなにが出てくるかお楽しみの宝箱で、私とN君はすっかり子供気分で後部座席に乗った。

ハイウェイに乗ると叔母は無言でアクセルを踏み続けて、思った以上に早く着いたのは、フランス北西部ノルマンディ地方の港町、オンフルールだった。モネの絵だけでなく、安野光雅氏の絵でそこを知っている人も多いかもしれない。叔母の案内で古い教会に入って高い天井を見上げると、オーク材で複雑に組み上げてあり、港町なだけに木造船の船底の作り方と同じなのだと、彼女は説明してくれた。

「アボン！（あ、そう！）」

叔父がよこでそれを聞いて感心している。たぶん彼は、何度もここに来ていると思うけど、毎回、妻の説明を聞いて、このように新鮮に感動しているのだろう。

未だ観光客な叔父と一緒にこぢんまりとした港町を歩くと、滞在しているパリとはまったく雰囲気が違って、来てよかった！　と私も当初の心配など忘れて思っていた。名物料理の看板もながめたが、私たちは港から少し離れて、白い砂浜の海岸でお弁当を広げてランチにした。いつ作ったんだろうと驚きながら、ロズリーヌお手製の美味しいサンドイッチとチーズ、サラダをいただいて大満足。こういう観光旅行は親戚でもいないとなかなかできない。そしてまた車を走らせて、いよいよ「本日の宿」に着いた。

「わっ、コレットさんらしい別荘！」

調度品が叔母の趣味とは違って、キラキラ系だ。ＩＫＥＡの巨大な照明器具に、ファブリックは全部柄物で、家具も明るい南仏リゾートな国。お孫さんのためにキャラクターグッズなども飾ってあり、これはこれでどこか落ち着くが、やはり夏にしか使ってない感じはする。叔父と叔母は窓を全て開けて、率先して掃除をしてくれた。助かる気持ちと申し訳ない気持ちでいると、叔母が持ってきた荷物の中から、シーツのようなものを出して置いた。

「寝袋です。これに入って寝ます。ベッドが汚れません」

「寝袋？」

と聞き返して、よく見れば、それは布団カバーだった。私たちにだけでなく叔父と叔母のぶんもある。身長のあるＮ君に一番大きなサイズのものを貸してくれて、それは厚手の白い木綿生地にブルーの柄がかわいい布団カバー……いや、寝袋だった。

「これって、一石二鳥じゃない？」

使い方を聞いた私は感動した。しばらく使ってないベッドや寝具で寝るのは、ハウスダストに弱いアレルギー体質の人間には厳しいし、精神的にもストレスになるのだが、自分が清潔な袋にすっぽり入ってしまえば、それと直接触れないですむ。それだけでなく人の家で泊まらせてもらう場合に、持っていって使えば、その家の寝具を自分が汚すこともしないですむ。人間生きているから新陳代謝を止めることはできないし、気をつけていてもなんらか残してしまう。それを払ったり洗ったりする時間も、旅行先ではなかったりすることがほとんどだ。

「これ、いいかも！」

N君も同意見らしく、さっそくすっぽりその中におさまり、顔だけ出してシェルターの中で落ち着いている。叔母は、べつにアレルギーの私たちのことを考えて持ってきてくれたというわけではなく、普段から人の家で泊まらせてもらうときは、そうしているようだ。このさりげない気遣い、さすがロズリーヌ！

アメリカに留学していたとき、やはり人の家を泊まり歩いていた私は、外国ではベッドを気楽に貸してくれるということを知った。しかし、さすがに「現在は海軍にいる（たぶんマッチョな）息子のベッド」を借りたときは……よく眠れなかった。その息子さんにも、悪いような気がして、発つ日に自分の髪の毛など残してないか徹底的にチェックして、やたら疲れた。

欧米人はおおざっぱなところがあるから、日本人みたいに神経質にならないのだろうと思っていたけれど、ロズリーヌは違った。大胆なところもあるが、気遣いもあり、おさえるところはちゃんとおさえている。合理的なところもカッコイイ。ちなみにその別荘を去るときに、叔母は持ってきたインスタント食品の詰め合わせを、キッチンの食料棚に入れていた。二人の仲では貸し借りにお礼は必要ないのかもしれないけど、最低限の気遣いはするという感じだ。

アレルギー対策も無事にすんで、その夜はコレットさんの別荘からすぐのところ、サン・マロという城壁で囲まれていることで有名な港町で、夕食をとることになった。もちろん名物は海の幸。外に出ているレストランのメニューを見てまわって悩むロズリーヌの後ろについて、私たちは歩いた。途中、地元のオバさんに叔母はなにか話しかけて、二人は旧知の親友のように長々と二十分ぐらいしゃべっていたが、とくに情報は得られなかったようで、またしばらく路地を歩き、ここにするかという感じで、一軒の店に入った。ちょっとカリフォルニアな雰囲気の素敵な店で、ムール貝や初めて見る貝が何種類か、鮮やかな海藻の上に盛り合わせてある料理をいただいた。このような海鮮料理をフランスで食べるのは初めてで、とても美味しかったが、叔父が貝から身の部分を上手く離せないでいるのを、叔母がよこから手を出して手伝ってあげていたのが、むしろ料理よりも印象に残っている。

「こうよ、こうやって食べるの！」

「アボン？（そうなの？）」

おそらく叔父がそれを食べるのは初めてではないと思うが……。私たちよりも新鮮にそれを味わっているように見えた。

その夜は寝袋のおかげで、自分の汚れも、まわりのホコリも気にせず、くしゃみ大会にもならず眠ることができた。さらに春の明け方の寒さにも、寝袋は思いがけず暖かくて助かった。ぐっすり眠れたので翌日は、観光専用の駐車場から海の中の小島にそびえるモン・サン＝ミッシェルの頂上の教会まで、長い道のりを元気よく歩けた。

叔父は、ひたすら日本人の多さに驚いていた。それこそ日本のテレビに、ここの名物はフワフワのオムレツだと私たちも洗脳されていたから、お昼はそれだよねと思っていたのだが、「ランチはオムレ――」まで言ったところでロズリーヌに、

「ノーン！　食べてはいけませんっ！」

と返された。その顔がとても恐かったので、私たちは口を閉じて、導かれるままクレープとガレットのお店に入った。後から詳しい日本人に聞いたら、最近はぼったくりの店が多いらしく、強引に他の料理を付けられてしまったり、オムレツも言うほど美味しくはないよう

だ。さすが、美味しさとコスパに厳しい叔母。その判断に間違いはなかった。そして、モン・サン＝ミッシェルの荘厳な装飾や彫刻よりも、オムレツと聞いたときの叔母の顔の方が、旅の記憶として私の心に残ることになった。

クレープもガレットもそこそこ美味しかったが、叔母がそれに対してなにか言いたげなのは、見ていてわかった。べつに不満を言葉にするわけではないのだが、物足りなく思っているのは表情から見てとれる。実は昨夜のレストランから、この表情をしていて、私は彼女の気持ちを察していた。あれは、

「お家で作ったら、もっと美味しいのに」

という顔だ。自分も料理をするので気持ちがわかる。私はそこまで料理上手ではないけど、料理が得意な人ほど、外食をするたびにがっかりすることが多いのだと思う。さらに叔母は、昨夜のレストラン探しから、あるものが食べたいと思ってここに来たのに、その本命が見つからないという様子だった。昨夜もレストランの店員と長々と話していて……たぶん、なにか美味いものを探している。

「ところで、二日目はどこに泊まるんだろう？」

クレープを食べながら、N君が呟いた。私もそのことは気になっていた。コレットさんの別荘は今朝きれいに片付けて、鎧戸（よろいど）も閉めてきたので、そこにもどることはなさそうだ。旅

行は二泊だと聞いていたのだが。首をかしげている私たちを連れて、叔父と叔母は駐車場にもどり、また車で海岸沿いの道を走り始めた。叔父に日本語で今後の予定を聞こうかなと思ったが、助手席の彼はもうイビキをかいて寝ていた。

一方叔母は、やはりなにか探している感じで、道を選んで走り続けていたが、海岸沿いに店が並んでいるところに来て、突然車を止めた。それを売っている店を見つけたようだった。店頭には、日本の土産物屋で見るのとどこか似ているパッケージが並んでいた……生牡蠣だ！　カゴに詰められたそれは、紙と紐で包まれて、叔母はそれを三つ買って、ついに目的を果たしたという表情をたたえていた。

「観るものは観たし、牡蠣も買ったから、家に帰って食べよう！」

運転する叔母の背中が、語らずともそう言っていた。ようやく私たちも、自分たちが帰路に着く途中であることを確信した。二泊の予定じゃなかった？　と私が後部座席でN君に囁くと、彼は返した。

「フランス人に予定はないんだよ。いる必要がないところには、いない。満足したら帰る、ってそれだけなんじゃない？」

「今は、早く帰って家で牡蠣を食べたい、だから帰るのか……」

予定を立て、そのとおりに消化していくのが「旅行」。そう思いがちだけれど、自分が今やりたいこと、心が求めること、それに導かれて行動するのも旅行で、帰りたいときに帰るのも旅行なのだ。そういえばマチュウも日本によく来るが、予定がころころと変わり、三ヶ月の滞在予定で来ていたのに、一ヶ月もしないで帰ってしまったり、急に消えたり現れたりして驚かされる。でも彼らにとって予定とは、基本「変えるもの」なのだろうということは、なんとなくわかってきた。

明るいうちに家に着いて、叔母がレモンと一緒に並べてくれた生牡蠣を、いつものダイニングキッチンで「美味しいね」とみんなで食べた。大いに満足して、予定を変える旅行もいいな、と思った。その後も、N君と二人でイギリス、ドイツ、デンマークと、他の国にも足をのばして旅行したけれど、それらの国々を案内してくれた現地に住む友人たちも、多かれ少なかれ「予定」を変えることに柔軟だった。予定を変えて自分の家に呼んでくれたり、予定を変更して連れて行ってくれた場所が、非常によかったり、とまたその恩恵を受けることになった。弱っちい私たちも、寝袋というお守りがあることで、旅行に対して少しタフになってきたのかもしれない。

「お土産を買いますか？　どこの店に行きたいですか？」

帰国がせまってきた頃、ロズリーヌは買物を手伝ってくれると、私に訊ねてきた。間をあけず私が「寝袋が欲しい！」と言うと、叔母は眉間にシワをよせて返した。

「……日本にも、あります」

「でも、日本の布団カバ……寝袋は、小さくてかわいくないから」

と私は言って、寝具を売ってる店に連れて行ってもらい、かわいい寝袋を買って日本に帰った。そんなに欲しいなら、と叔母は白地に青い柄の寝袋もプレゼントしてくれた。現在も、実家に泊まるときなどに重宝している。帰りたいときにすぐ帰れるから、おすすめです。

森のイチゴで、ジャムを煮る

もの心ついたときから喘息を患っていて、家で寝ていることが多かった私は、外で遊べないぶん、本という世界の中で楽しむことをおぼえた。でも、日本の児童書などを読むと、同じぐらいの歳の子が出てきて、元気に学校に通っていたり、活躍したりするので、自分が後れをとっているように感じてしまい、途中で閉じてしまうことも多かった。そこで、自然と読むものは外国の本になっていった。その世界に入れば、風景も、学校も、日常も日本とは違うし、出てくる子供と自分を比べることもないので、焦らず楽しむことができるからだ。喘息の発作が出ると、食事もあまりとれないから、くいしんぼうの私はそれもつらかったけれど、そんなときは外国の本の中に出てくる食べ物を、想像して楽しむことでも癒された。今のように情報もないから好き勝手に思い描いて、食べたことがない料理やお菓子は魅力的で、とっても美味しそうに思えた。

その想像の世界が、「現実」になる日が突然やってきた。小学五年生の夏休み、叔父がいるフランスに行くことになり、本の中でしか知らなかった異国、ヨーロッパを自分の目で見ることになる。

「本の中みたい！」

フランスに来て、子供の私は本当にそう思った。外国の童話の中に入ってしまったみたいだと。一番それを感じたのは、いとこたちと森で摘んだ木イチゴでジャムを作ったときだった。その頃はまだ、叔父の家のキッチンの窓から、近くにある森を見やることができた。森の印象も日本とは違い、平坦だけれど奥が深くて、まさに赤ずきんちゃんがオオカミに会ってしまいそうな森だ。そしてある日、

「森に木イチゴを摘みに行こう！」

とソフィーとマチュウに誘われて、私は彼らの後ろについて、森に入った。ソフィーとマチュウは慣れたように木イチゴを見つけて摘んでいく。私も彼らが指して教えてくれる辺りにそれを探した。森は暗いけれど、太い木々の間には陽の光が射す地面もあり、そのようなところに木イチゴの木は自生していて、蔓のような枝に暗い赤色の実がなっていた。野生種だけれど大きくて、今考えるとそれはラズベリー（フランボワーズ）に近い種類だと思う。いとこたちを真似て、枝からつぶつぶの実を採って食べてみると、日本の山でたまに見つける酸っぱいだけの木イチゴとは違い、とても甘かった。そこらじゅうにあるわけではないけれど、探し方のコツがわかると次々に目につくようになり、三人で森をひとめぐりして、小

さなカゴにいっぱいの木イチゴが採れた。パリ郊外の、そこまで田舎でもない住宅地から望むところに「イチゴを摘む森」があるというだけで、私にはけっこうな衝撃だった。

　木イチゴを持って家に帰ってくると、いとこたちはキッチンに入って、ジャムを作る準備を始めた。印象的だったのは、子供たちだけで勝手にそれをやり始めるということだった。どの道具を使うかも知っていて、手が届かないところにあるものは、踏み台を持ってきてそれに上がって自分たちで出す。ロズリーヌはいることはいるのだが、たまに口を出すぐらいで、そのときの記憶にはほとんど出てこない。ジャムができるまで、ソフィーとマチュウにそれを教わったというイメージで残っている。

　作業の中でよくおぼえているのは、日本では見たことがない裏ごし器を使ったことだ。穴が空いている金物のザルのようなものにハンドルがついていて、それをまわすと羽根が回転して内容物をプレスして濾し出すという、元祖フードプロセッサーみたいなもの。いとこたちは洗った木イチゴをそれに入れて、せっせとハンドルをまわす。すると出てきた果肉と果汁はほどよくなめらかになっていて、大きな種が裏ごし器に残るという具合だった。ハンドルをまわすのが楽しいその作業に私も魅了されて、日本にその裏ごし器を買って帰りたいと思ったものだ。

　木イチゴを全て潰したら鍋に入れて、砂糖を加え、それを煮詰めていくのも子供たちでやった。木べらについた熱々のジャムを、びくびくしながら指で触れて、なめて味見をするのが、作業をとおして一番楽しいところ。私もなめてみて、子供ながらそのジャムの濃度が高いことに驚いた。私の家でもイチゴやリンゴなどでジャムを作ることはよくあったが、たいがい水っぽくてさらさらな仕上がりになる。なんで買ってきたジャムみたいにトロッとならないの？　と母に聞くと、売ってるジャムには大量の砂糖が入ってて、さらに固まる作用があるペクチンというものが入ってるからだと言われた。しかし木イチゴのジャムは、大量の砂糖もペクチンなんてものも加えてないのに、濃厚で、煮ているときからもったりとしていた。木イチゴの種に含まれている自然由来のペクチンの効果であったと思われるが、その質感の違いに、

「これか……」

子供の私は答えを見つけた気持ちになった。外国の本を読んで、未知の料理やお菓子に思いを馳せていた私だったけれど、想像力にも限界があり、それは夢の中で食べるもののように、形はあるがどこか虚ろな足りない部分があった。ジャムを作ったことで、質感というものを体感し、その空白の部分が埋められた気がした。フランスから帰ってきてからは、同じ本を読んでも、体験した質感がそれに加わり、より立体的に外国の食べ物が、そしてその世界が想像できるようになったのだった。

必要以上に味見をしたあと、ジャムは二個のビンにおさまった。ロズリーヌは、それを窓辺に並べて冷ました。できたて、焼きたてのものをそこに置いて冷やすのは、昔からの彼女の習慣らしい。今はその窓も高くは感じないが、子供の私は、ジャムのビンが並んでいる窓を見上げた記憶がある。ジャムは夕日に透けて、紫がかった赤に輝き、後ろにはその恵みをくれた森が見えた。ジャムは冷えていくほど、より濃厚になっていき、フタを閉めるときは、あんこぐらいの固さになっていた。

あのジャムがもう一度食べたい。そう思う。けれど今は、キッチンの窓から見えるのは家だけで、森もずいぶんと様子が変わっていた。せまってくる住宅街におされぎみのそれは、歩道などが整備されて明るくなって、オオカミもちょっと出にくい感じの森になっている。木イチゴも、昔のようには採れないだろう。

残念だったけれど、森の恵みを取り返すように叔母が家の庭に菜園を作っていて、今回の旅ではそこで穫れるものが代わりに私を楽しませてくれた。毎晩、寝る前に淹れてくれる「夜のお茶」も、彼女が庭で作っているティザン（タイム）というハーブがたっぷりと入っている。フランス人はカフェインが入っているコーヒーや紅茶を、午後三時を過ぎたらあまり飲まないという。ちょっと弱すぎないか、と思うけれど、乾燥させたティザンにお湯を注げば、コーヒーにも負けないアロマ、甘くて爽やかなハーブの香りが漂う。カップに注がれた薄黄緑のお茶には、これまた花の香りがするハチミツを好きなだけ入れていただく。できるだけ灯りを落とした静かなリビングで、ゆっくりそれを飲んでいるうちに自然と眠りに誘われ、カップを置いて、

「ボンニュイ（おやすみなさい）」

それぞれが告げて、自分の寝室に入る。この歳になってまた、自分が外国の本の中にいるように感じて、文章や映像だけではわからない香りや、明るさ、スケール感、言葉にならない空気というものを味わい、空白だった部分が豊かに埋められた。

フランスの印象も大きく変わり、帰ってきてからは日本で売っているフランスの物なども以前より目につくようになった。

「行く前はあんまり興味なかったのに、面白いぐらいフランス好きになったよね」

旅の終わりにN君に言われて、否定できず言葉に詰まった。

この歳になってようやく、フランス特有のものに興味が持てたのかなとは思う。青い鳥みたいなもので、探していたものは実は身近なところにあったんだけど、青い鳥が目の前をバタバタ飛んでいても気づけないときは気づけないものだ。彼らフランス人の感性が、ちょっとわかりにくいということもある。良くも悪くも、予想を裏切る。たとえば、おしゃべりで

言葉を湯水のように使い、とにかく語ることを大切にするけれど、最終的には言葉やロジックにふりまわされず、気分で決めているようなところがある。さんざんファッションについて語っておいて、

「じゃ、今日着てる服のポイントは？」

と聞けば、

「べつに。昨日と同じ服」

と返ってくる。さんざん秋の味覚の素晴らしさを語っておいて、

「それで、今日はなに食べたの？」

と聞けば、

「軽くサンドイッチ」

というような感じ。肩すかしをくらうし、お子さまにはちょっと高度だ。でもそんなところも、フランスが世界から愛される理由なのでは。

私は彼らのやり方にならって、N君にこう返した。

「あら、私は前からフランスが大好きよ」

二十代でフランスに来てそのまま住み着いてしまっている叔父も、最初からフランスに惚れ込んで来たわけではないと言っていた。当初はアメリカに行くつもりだったらしい。ちょ

っとした運命のいたずらでフランスに来て、「ここもいいかも」と思ったそうだ。叔父の気持ちがよくわかる。そしてそのチョイスは正しかったと思う。だって、ロズリーヌという人に出会ったのだから！

ソフィーの家で夕食をいただきながら、その叔母の話をしていたら、夫のニコラに、

「『ジュレムアレア、ポール＝ロワイヤル』ってロズリーヌに言ってごらん。きっと喜ぶよ」

と言われた。ソフィーとニコラは笑っている。どうやら最近ロズリーヌがはまっているものが「ポール＝ロワイヤル」らしい。さっそく叔父の家に帰って、呪文のようにそれを言ってみた。

「ジュレムアレア、ポール＝ロワイヤル（ポール＝ロワイヤルに行きたい）！」

しかしロズリーヌはべつに喜ぶわけでもなく、むしろ、なんで？　という顔をしていた（娘婿はロズリーヌのことを、まだ完全にはわかっていない）。とはいえ、叔父の家から車で遠くないところにある「ポール＝ロワイヤル」に連れて行ってくれた。

そこは十三世紀に建てられた修道院の跡地で、国立の公園、美術館という形で今も保存されている。神学校としても名をなして、あのパスカルも通ったという歴史的な場所であるけれど、十八世紀に背教集団と見なされ修道院の建物自体は壊されてしまった。芝生の中に残る

石の基礎だけを見て、そこにあったものを想像するしかないが、庭園、果樹園、畑、作業小屋など生活に使っていた建物は、当時の姿のまま残っている。ロズリーヌはボランティアでその広大な庭の手入れを手伝っているという。叔父の家の庭にある植物のいくつかは、ここから根分けしてもらったものらしい。

「ロズリーヌっぽい場所だなぁ」

広々とした敷地に入ってみて、彼女がなぜここが好きかわかった。歴史的名所にしては見所がないけど、逆にそれが清々しい。もし修道院の豪奢な建物が残っていたら、この風通しのよさはなかったかも。

ロズリーヌは、自分が手入れをしている庭園や果樹園を案内してくれた。歴史ある石壁に囲まれたそこは、またもや外国童話の世界に入ってしまったような感覚にさせてくれる。今にも背中の曲がった庭師のおじいちゃんが出てきそう。庭師なみに詳しい叔母は、芽吹いたばかりの草木を指して、なんの花が咲くかを教えてくれた。ここに来たいと言ったとき、彼女が不思議そうな顔をしていた理由がようやくわかった。六月ぐらいになれば花が咲き乱れ、ここは素晴らしい花園になり、真っ先に来るべき場所となるだろう。でも、今はまだ草木は準備中の状態で、しんと静寂に包まれていた。「なんで今？」と思ったに違いない。季節の物を食べるように、ベストなときに楽しむことが、まずは基本なのだ。

彼女は私たちを案内しながらも、植物の状態を見たり、虫食いの葉を取ったり、慣れた手つきで植物をいじっている。そんなロズリーヌを見て、数百年前にここに居た修道院のシスターたちも、同じように草木の手入れをしていたのかな、と重ねて想像した。

限られた環境の中で、自給自足で、日々淡々と暮らす修道院の生活。なんとなく叔母の暮らし方とも重なる。無宗教の叔母にそれを言ったら、「ノーン！」と眉間にシワをよせるだろう。でも、娘のクミがまさにシスターになった理由は、実は叔母の影響ではないかと、このとき初めて思った。叔母のように、自然を愛し、生活や人との触れあいというものを純粋に楽しみ、素朴に暮らしたいと思ったら、この現代ではそういう選択になったのかもしれない。もちろん神様に仕え、人を救うために無償で働く大変な仕事だけれども。ロズリーヌも無償で草木の手入れをしているし、働くことを惜しまない姿はシスターにも負けない。でも、やはり彼女には宗教の象徴が取り壊された、風通しのよいポール＝ロワイヤルが、とてもよく似合う。

パリ郊外にある叔父の家に滞在し、キッチンで叔母と過ごし、思ったこと気づいたことを綴ってきたけれど、最後はやはり彼女の言葉で終わろうと、メールで質問を投げてみた。

「日々の生活で、どのようなときに幸せを感じますか？」

と。数日後、ロズリーヌからこのようなメッセージが返ってきた。

「私にとって、暖炉の火、友人たち、シャンパン、おしゃべり……そして、花々のある一角や、花が満開の林檎の木が、もうこれ以上はないと思う、人生の喜びです」

こんな文章、私には書けない。もの心ついたときから憧れていた人。その叔母に近づく日は、未だ遠い。せめて同じ味のバゲットが焼けるよう、毎日を楽しんで暮らしたいと思う。ああ、四角いバゲットに、あの濃厚な木イチゴのジャムをつけて食べたい！

おわりに

これを書いている今も、四角いバゲットを焼いているオーブンから、香ばしい匂いが漂ってきている。仕事の合間に焼ける、頑張らなくても作れるパンだ。フランス人は、頑張らない、無理してやらない、ケセラセラ……。でも必要があれば、どんどんチャレンジもするし、楽しみながら目的も達成する。頑張るのが苦手なのに頑張っていた子供の私は、そんな彼らを見てうらやましく思い、ちょっと妬んでいたのかも。

この本の中で言う「フランス人」とは、あくまで私の親戚のことを指していて、必ずしも全般を指しているわけではないので、そのように読んでもらえたらと思う。うちの親戚が、少し変わっているという可能性は大いにある。とはいえ、民族性の違いから学ぶことは多く、知るほどに相手のことがわかってくるのは面白い。たとえ印象がよくない国であっても、そこで暮らし、土地の料理を教えてもらったら、目からウロコみたいなことがいっぱいあるのだろう。自分は世界のことを、まだまだ知らない。まずは、そのことに気づかせてくれたフランスの家族に、心からお礼を言いたい。そして、本を作るという旅をともにしてくれて、レシピも試作してくれた頼れる編集者の近藤純さんにも、メルシーボクゥ。

二〇一八年二月　　中島たい子

文庫版あとがき

本書は、私が二〇一四年にフランスを訪れたときのことを綴ったもので、あの旅から早いもので十年が経ってしまった。本文にもあるように、翌年、パリでは同時多発テロがあり、ソフィーは速やかに南仏に引っ越してしまった。そしてコロナ禍があり、娘の新天地での暮らしを見ていたロズリーヌも、秘めていた計画を実行に移すのは今だ、と思ったのだろう。彼女も故郷のフランス北東部（スイスに近い地域）ポンタルリエに家を買い、叔父をつれてさっさと引っ越してしまった！　でも彼女のライフスタイルを考えれば、それは遅かれ早かれ、行き着くところだったのではと、私は思う。

ということで、私が訪ねる、「パリのキッチン」は、もうない。代わりに叔母からは、

「ポンタルリエに来なさい！」

と、新居の庭の写真とともにメールが送られてくる。購入した中古物件は、なぜかちょっとアメリカン……きっとお得な買物だったのだろう。庭も前の家の倍の広さになって、大きな温室までこしらえたようだ。山間のコミューンにある家は、村を見下ろす場所にあり、風通しは前よりも確実によくなっている。コロナ禍に続き円高で、海外旅行も敷居が高くなってしまったが、この文庫版をお土産に、そろそろ訪ねたいと思っている。

本書が単行本になったときから気に入ってくれて、他社で上梓した作品にもかかわらず文庫化を引き受けてくださった君和田さんにも、メルシーボクゥ。ちょっと昔の作品だけれど「古い方がお得」と思っていただけたら嬉しいです。

パリのキッチンで
四角いバゲットを
焼きながら

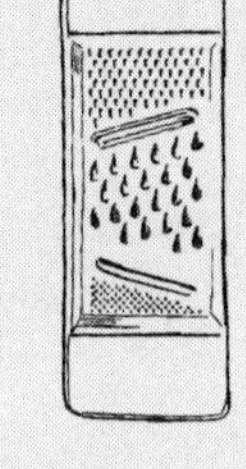

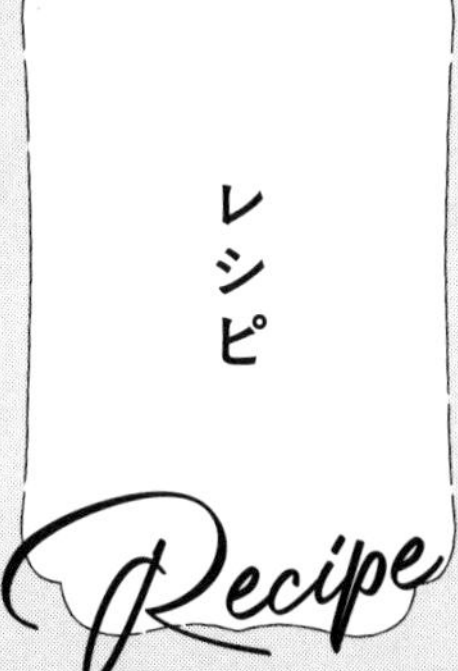

レシピ

Recipe

ロズリーヌの四角いバゲット

パウンド型
M2本分

材　料

●小麦粉 …… 350g

（地粉などの中力粉。精製されすぎていないもの。真っ白なものは避ける）
（or国産薄力粉100g＋国産強力粉200g ＋全粒粉50g）
（or国産準強力粉300g＋全粒粉50g）
※市販の粉で、おすすめの銘柄と組み合わせは
「ドルチェ（薄力粉）」＋「キタノカオリ（強力粉）」。
※全粒粉は「微粒タイプ」など、きめが細かい方がベター。
粗い場合は30gぐらいに減らし、その分他の粉を増やす。

●塩 …… 7g（小さじ1と1/4）

●ドライイースト（サフの青or赤） …… 7g（小さじ1と1/4）

●ぬるま湯 …… 300cc

●オリーブ油、粗挽きグラハム粉 …… 各適宜

※型にふる大麦粉は入手しにくいのでグラハム粉で代用。
粗挽きのトウモロコシ粉や、なければ生地と同じ粉を使ってもOK。

作り方

1. ボールにぬるま湯とドライイーストを入れて混ぜ、数分置く。小麦粉と塩を一度に加え、ざっくり混ぜて、ひとまとめにする（かなりやわらかい生地。粉によって水の量を調節）。ラップなどでふたをして5～10分ほど置く。

2. その間に型の準備。パウンド型にオリーブ油を塗る。その上にグラハム粉をふり、余分な粉は落とす（底面だけクッキングシートを敷いても取り出しやすい）。

3. 生地をこねる。指を立てて生地に空気が入るように、ボールに叩きつけるように、5～10分。慣れるまでは、最低5分はこねてください（笑）。

4. 生地を型に流し入れる。布巾をかけて、冬は暖かいところに置き、2～5時間放置。プクプクと泡立って、型いっぱいにふくらむまで発酵させる。

5. ふくらんだら上にグラハム粉を軽くふり、270度に予熱したオーブンに入れ、5分焼いたら温度を210度に下げて、トータルで30分焼く（オーブンによって火加減を調節。強めの方がいい）。上が焦げてきたらアルミホイルをかぶせ、しっかり焼く。

6. オーブンから出して、型からはずし、底を乾燥させるようにさかさまにして冷ます。

※焼きたてより1日ぐらい置いてから食べた方が美味しい（冷凍可）。
トーストして食べる。
※イーストの香りが苦手な方は、3のあと、そのまま放置して二倍になったら
ガスを抜き（一次発酵&パンチダウン）、それから型に流し入れて
4と同様にふくらませて（二次発酵）から焼く。

マロンのアイスクリーム

ジャムなどの
大きめのビン
2個分

材　料

- ●マロンクリーム……250g
  ※手に入れば「クレマン・フォジエ」のマロンクリームが、おすすめ。
- ●卵白……3個分
- ●生クリーム……120cc
- ●メレンゲ（菓子）……大きなもので3個、小さなもので8個ぐらい
- ●バニラエッセンス……適宜

作り方

1. マロンクリームは固まっているのでヘラなどでやわらかくしてバニラエッセンスを入れて混ぜる。冷凍室でビンを冷やしておく。

2. 卵白を角が立つまで固く泡立てる。

3. 生クリームもしっかり泡立てる。

4. 1、2、3を、泡をつぶさないようにさっくりと混ぜ合わせる。

5. メレンゲを（大きなものは砕いて）加え、冷凍室で冷やしておいたビンに詰めて、冷凍室に入れて、よく固まるまで冷やす。

ルバーブのクラフティ

20〜23cmの
パイ皿 or
タルト型1枚分

材　料

- ●ルバーブ……300g
- ●薄力粉……80g
- ●砂糖……90g
- ●牛乳……200cc
- ●卵……3個
- ●オリーブ油orお好きな油をちょっと

作り方

1. ルバーブは 1.5cm ぐらいに細かく切り、砂糖大さじ1杯（分量外）をまぶして、置いておく。

2. 薄力粉と砂糖を泡立て器で混ぜてから、溶いた卵を加えてよく混ぜる。牛乳を少しずつ加え、さらに混ぜる（ダマができたらザルでこす）。油を一たらし入れる。

3. ルバーブの水気をきり、2に加える。型にバターかお好きな油（分量外）を塗り、その生地を流し入れる。

4. 200 度に予熱したオーブンに入れ、35 ～ 40 分焼く。

※ルバーブはよく焼いた方が美味しいですが、焦げてきたら温度を少し下げてください。スフレのようにふくらみますが、オーブンから出すとしぼみます。
※温かいうちに食べても、冷たくしても美味しいです。ルバーブは酸味が強いのでお好みで砂糖の量は調整してください。仕上げに粉砂糖をかけても。

ソフィーのドレッシング

材　料

- ●オリーブ油……大さじ6
- ●ディジョンマスタード……大さじ1
- ●バルサミコ酢orワインビネガー……大さじ2
- ●塩・コショウ……適宜

作り方

全てを混ぜるだけ。すぐに分離するので、食べる時にそのつど混ぜ合わせる。

※香りづけに生のニンニクのかけらを入れても。甘めが好きならハチミツを入れても。

ソフィーのトマトソース

ジャムのビン
2個分

材　料

- 完熟トマト……4個（orホールトマト缶1缶）
- 玉ねぎ……1個
- ニンニク（お好みで）……2かけ
- ローリエ……1枚
- 塩・コショウ……適宜
- オリーブ油……適宜

作り方

1. トマト、玉ねぎは大きめのざく切りにする。ニンニクも 2 つぐらいに切る。

2. 鍋に多めにオリーブ油を入れ、玉ねぎとニンニクをよく炒める。水分がなくなり、かさが減って端が色づいてくるまで、よく炒める。

3. 2にトマトとローリエを加え、塩、コショウで味をつけて、弱火で 10 分以上煮る。底を焦がさないようときどきかきまぜて、好みの濃度まで煮詰める。

4. ローリエを取り出して、ミキサー、フードプロセッサーなどにかけてなめらかな状態にする。味をみて塩などをたす。ビンなどに詰めて、冷凍庫で長期保存も可。

※パスタとあえたり、グラタン、ラザニア、ピザのソースとしても使えます。

シスターのキッシュ

20〜23cmの
パイ皿 or
タルト型1枚分

材　料

【生地】

- ●薄力粉……200g
- ●バター……40g
- ●卵黄……1個分
- ●水……80cc

【フィリング】

- ●玉ねぎ……1個
- ●長ねぎ……1本（白い所だけ）
- ●トマト……1個
- ●卵……3個
- ●生クリーム……30cc
- ●プロヴァンスのハーブ……適宜
- ●塩・コショウ……適宜
- ●チーズ（グリュイエールなどのグラタン用）……適宜
- ●ナツメグ……適宜
- ●オリーブ油……適宜

作り方

1. 生地を作る。薄力粉に室温でやわらかくしたバターを入れ、指先ですりあわせるように混ぜこむ。そぼろ状になればOK。

2. 水と卵黄を合わせたものを1に入れ、練り過ぎないように生地をまとめる（水の量は感じをみて増減する）。ラップでくるみ、冷蔵庫で1時間以上冷やす。

3. フィリングを作る。玉ねぎは薄切り、長ねぎは1cm幅に切る。オリーブ油で炒める（水分がなくなり油が滲み出てくるまで、よく炒める）。冷ましておく。

4. 卵をほぐし、生クリーム、プロヴァンスのハーブ、塩、コショウを混ぜ合わせておく。

5. 2の生地を薄くのばして、バターかオリーブ油を塗った型に、少しはみ出るぐらいの感じで敷く。

6. 5の底に、3を敷く。その上にスライスしたトマトをのせる。4を流し入れて、チーズを上にたっぷりのせる。最後にナツメグをふる。生地のはみ出ている部分を内側にかぶせるように折る。

7. 200度に予熱したオーブンに入れて、20～30分焼く。ナイフで刺して何もついてこなくなればOK。火を止めてからも、しばらくオーブンの中に置いて余熱で火を通す。

※中の具はお好みで、ハム、ベーコンなどの肉類、炒めたほうれん草などを入れても美味しい。

ロズリーヌのクスクス

2〜3人前

材　料

- ●ラム肉（角切りorこま切れ）……200〜300g
- ●玉ねぎ……1個
- ●トマト……1個
- ●人参……1本
- ●ズッキーニ……1本
- ●ひよこ豆（水煮）……1缶
- ●パプリカ……1個
- ●クスクススパイス……大さじ1〜2
- ●塩……適宜
- ●オリーブ油……適宜
- ●赤ワインor 砂糖……適宜
- ●クスクスパスタ……1/2箱
- ●ハリッサ（唐辛子のペースト）……適宜

作り方

1. 鍋にオリーブ油を熱してラム肉を焼く。肉の色が変わったら、大きめに切った玉ねぎを入れて、一緒によく炒める。

2. 玉ねぎがしんなりしてきたら、クスクススパイスと塩を入れ、からめるように炒め混ぜる。

3. 2にざく切りにしたトマト、一口大に切ったズッキーニ、人参、パプリカ、ひよこ豆を入れて、ひたひたになるぐらい水を加える。赤ワインか砂糖を隠し味ていどに入れて、20 分ほど煮込む。

4. クスクスパスタは箱に書いてある分量のお湯でもどす（そのときに好みでお湯にバターと牛乳を加えても美味しい）。

5. できあがった煮込みをパスタにかけて、ハリッサをつけていただく。

※「クスクススパイス」は、スパイスのパプリカ、クミン、コリアンダー、フェンネル、ターメリック等をブレンドした、ミックススパイス。
手に入らなければ、パプリカ、クミン、ターメリックを自分で混ぜ合わせて代用します。

又はパプリカとガラムマサラ（辛くないもの）を混ぜても似た味になります。

どちらの場合もパプリカを5割と多めにしてください。

本文デザイン　長崎　綾（next door design）
本文イラスト　ささきめぐみ

この作品は二〇一八年四月ポプラ社より刊行されたものです。

幻冬舎文庫

●最新刊
世界でいちばん私がカワイイ
ブリアナ・ギガンテ

謎に包まれた経歴と存在感で人気のYouTuberの、恋やオシャレや人生の話。彼女の言葉に、みんなが心を奪われ、救われるのはなぜ？　迷える現代人に「ちゃんとここにある幸せ」を伝える一冊。

●最新刊
子のない夫婦とネコ
群ようこ

子宝に恵まれなかった夫婦とネコたちの、幸せな日々と別れ。男やもめと拾ったイヌとの暮らし。ネコを五匹引き取った母に振り回される娘。ほか、「老いとペット」を明るく描く連作小説。

●最新刊
ミトンとふびん
吉本ばなな

「新しい朝。私はここから歩いていくんだ」。金沢、台北、ヘルシンキ、ローマ、八丈島。いつもと違う街角で、悲しみが小さな幸せに変わるまでを描く極上の6編。第58回谷崎潤一郎賞受賞作。

●好評既刊
宿命（リベンジ）
石原慎太郎

事故とされた父の死を殺人と信じて疑わない兄弟が今際の際の母と交わした「仇討ち」の約束。人生を賭けた大仕事の哀しくも美しい結末とは？　円熟の筆致で描く著者最後のハードボイルド、全三編!!

●好評既刊
「私」という男の生涯
石原慎太郎

奔放で美しいシルエットを戦後の日本に焼きつけた男が迫りくる死を凝視して、どうしても残したかった「我が人生の真実」。死後の出版を条件に綴られ、発売直後から大反響を呼んだ衝撃の自伝。

幻冬舎文庫

●好評既刊

女盛りはモヤモヤ盛り

内館牧子

何気ない日常のふとした違和感をすくい上げ、歯に衣着せぬ物言いでズバッと切り込む。ウイットに富んだ内館節フルスロットルでおくる、忖度なしの痛快エッセイ七十五編。

●好評既刊

冬の狩人(上)(下)

大沢在昌

新宿署の佐江に、三年前の未解決殺人に関する依頼が持ち込まれた。消えた重要参考人が佐江による護衛を条件に出頭を約束したという。罠か、事件解決への糸口か？　大人気シリーズ第五弾！

●好評既刊

おまもり

銀色夏生

数か月前に「おまもりのような本を作りたい」とハッと思いたちました。おまもりを形にしたような本。本の形のおまもり。だれかの力になりますように。（「はじめに」より）

●好評既刊

東京でひっそりスピリチュアル

桜井識子

明治神宮の神様が伝えたいアドバイスとは？　西の市が秘めるすごいパワーってどんなもの？　神様とおはなしできる著者が大都会東京の神社仏閣で直接聞いた開運のコツ。参拝が10倍楽しめる！

●好評既刊

旅ノート　47都道府県　ぜんぶ行ってみよう

旅のお供編集部

自分の好きなペースで、無理のない範囲で。47都道府県ぜんぶ行ってみよう！　訪れた場所、食べたもの、買ったお土産……。あなただけの旅の記録を、このノートに綴ってください。

パリのキッチンで四角いバゲットを焼きながら

中島たい子

令和6年2月10日　初版発行
令和6年2月25日　2版発行

発行人——石原正康
編集人——高部真人
発行所——株式会社幻冬舎
〒151-0051東京都渋谷区千駄ヶ谷4-9-7
電話　03(5411)6222(営業)
　　　03(5411)6211(編集)
公式HP　https://www.gentosha.co.jp/
印刷・製本—中央精版印刷株式会社
装丁者——高橋雅之

幻冬舎文庫

ISBN978-4-344-43359-5　C0195　な-34-2